目次

暗闇の眼玉

鈴木六林男を巡る

I

戦争・季語・群作

六林男への序奏

二〇〇四年の十二月十二日、鈴木六林男は亡くなった。享年八十五歳。自らの体験した戦争にこだわり、自らの生きた戦後という時代にこだわりつづけた新興俳句を出自にもつ最後の巨人であった。

かつて六林男は、第七句集『後座』の後記に次のような言葉を記している。

句集名の『後座』は、『大日本兵語辞典』を読んでいて眼にとまった。〈反動〉の項に出ている。（……）これを俳句に引きつけていえば、目標に向って作業を継続しようとしたとき、反動によって書き手も傷つく覚悟がなければ、前方が透いてこないことになる。

戦後俳句の展開を担ってきた俳人は、六林男以外にも少なくないが、その時代の変貌とともに早々と〈戦後〉というテーマを手離していった。六林男だけが「戦乱によって日常の自然感性を根こそぎ疑うこと」（吉本隆明）を強いられた戦後を視つめ、考え、書き、その「反動」に傷を負いながらも自己の内面に深く関わる表現をつづけてきた。

生前に刊行された句集は十一冊。『荒天』（一九四九年）、『谷間の旗』（一九五五年）、『第三突堤』（一九五七年）、『櫻島』（一九七五年）、『國境』（一九七七年）、『王国』（一九七八年）、『後座』（一九八一年）、『悪靈』（一九八五年）、『傢賊』（一九八六年）、『雨の時代』（一九九四年）、『一九九九年九月』（一九九九年）。なお、『王国』は『鈴木六林男全句集』（一九七八年）に収められている。

＊

まず、鈴木六林男の作品世界を語るとき欠かすことのできないのが、戦争という主題である。

秋深みひとりふたりと逃亡す
遺品あり岩波文庫「阿部一族」
射たれたりおれに見られておれの骨

『荒天』

いずれも第一句集『荒天』に収められた戦場俳句。かつて神田秀夫により、「地獄から這い上がってきた」と評されたこれらの俳句は、当時の検閲に対抗するために「自分の頭の中にか、く、す」（「自作ノート」一九七七年、『定住游学』所収）ことで、戦場から持ち帰ることができた作品である。

六林男自身、中国戦線、フィリピンのバターン・コレヒドール要塞戦などを体験。その戦場での日常は、つねに死と隣り合わせのものであったはずだ。喰い、飲み、眠るという日常——自らの肉体の再生産さえも、直接的には死のためにあると言ってよい。

彼の戦場俳句は、そんな極限的な状況にあって、なお人間として生きている限り、その理由や根拠を求めざるをえない孤独感の表出であり、作者の孤立した自意識が招きよせた光景であろう。その孤立した自意識が、戦闘と戦闘の間に沼のように広がる日常のシーンを選び取らせ、ダイナミックな戦闘よりも深い戦争の底無しの不条理を描き出した。ここには、俳句を書くことで生き抜いた六林男の原風景とも言える光景が広がっている。

その後、戦争という主題は、第四句集『櫻島』以降に至って、また新たな展開を見せてゆく。

戦争が戻ってきたのか夜の雪　『櫻島』
寒鴉戦争の向うがわ透いて　『國境』
戦争と並んでいたり露の玉　『後座』

いずれも「戦争」という措辞が直截に用いられ、一見、季語と取り合せられたように見える。だが、「戦争」という概念用語が一句の中心となることで、季語の抒情性は明らかに異和を呼びこみ危機的な像となっている。これらの戦争は、何も特定のものでなくともよい。ここで戦争のイメージは、季語と等価に配されることによって、ある日常性を手に入れていると言ってもよいであろう。

このように戦争という主題を、普遍化しようとする六林男の試みのひとつの到達点と呼んでもよい作品が、第八句集『悪霊』に収められた実験的な群作「十三字と季語によるレクイエム」であった。

雪に遺す射抜かれたこの鉄兜
満月の血まみれ軍医なり瞑る
三の花飢のかなしさ幽霊にも　『悪霊』

十三字に統一された三十八句全てに「旧陸軍戦時編成師団符号」をカリグラムとして詠みこみ、第一句の一字目から順に下降し、また上昇させＷａｒ（戦争）の頭文字が視覚化されている。それは、唯でさえ不自由な定型に、さらに作者独自の二重三重の枷をはめることにより、俳句形式のもつ可能性を遠方へと伸ばし、これまでの俳句表現にはない戦争の像を出現させようとする試みでもあった。

*

一方、鈴木六林男を語る場合に忘れてはならないのが、無季俳句の実践を通しての季語という観念の脱構築である。かつて六林男は「僕と俳句のかかわりは、季の無い俳句からの出発」であり、「生きて元の場所に戻ってから、季の無い俳句の地続きに季のある俳句の世界が在るのを確実に知った。」（「短い歴史」一九七五年、『定住游学』所収）と記していた。さらに『荒天』の戦場俳句をめぐって「季語は詩語であるとともに、私にとっては状況としての場所であった。情況は自然であることはあっても、天然や季語ではなかった。そこから状況としての天然と情況としての自然が、ものとして立ち現れてくるはずであった。」（「季の無い俳句の背後」一九七八年、『定住游学』所収）と述べている。

　このような、いわば人間の主体的な生を通して見えてくる自然の側から季語を洗い直し、そこから抽出されていったのが六林男独自の「季語情況論」と呼ばれる方法であった。そして、この「季語情況論」の実践として書かれたのが第三句集『第三突堤』の群作「吹田操車場」六十句、「大王岬」五十四句、そして第六句集の群作「王国」七十六句である。

寒光の万のレールを渡り勤む　「吹田操車場」
吹操銀座昼荒涼と重量過ぎ
降る雪が月光に会う海の上　「大王岬」
枕頭に波と紺足袋漁夫眠る
油送車の犯されている哀しい形　「王国」
氷雨の夜こんなところに芳香族

「吹田操車場」においては苛酷な労働の現場をモチーフに自然（時間）と人間の相克を、「大王岬」では厳しい自然条件の漁村をモチーフに自然と人間との融和を、また「王国」では石油コンビナートをモチーフに人間・機械・石油の関わりを、それぞれに描き出している。

なかでも「王国」について、六林男自身は「序章の第一句目を書いたのは昭和四十年で、仕上げたのは昭和四十九年であった。十年間の四季にかかわったことになる。しかし、発表するときには、冬の一日に統一した。都合のいいように季語を入れ換えた。私の季語情況論の実践としてそれを行った。」（「定住者の思考」一九七九年、『定住游学』所収）と記している。

この「季語情況論」こそが、季語のもつ虚構性を梃子として、群作という方法を作品内部から保証するひとつの装置であった。言い換えれば、その時代に通底する〈思想〉を表現するために、群作をヨコ系に、そして「季語情況論」をタテ系とすることで、六林男は俳句形式の新たな遠近法（パースペクティブ）の獲得をはかったのである。

さらに六林男による群作は、自らの遠祖の地を訪ねる「熊野集」七十二句（一九八五年）をはじめ、歴史的想像力をも作品に呼びこんだ「足利学校」十四句（二〇〇二年）、「北條」十五句（二〇〇三年）、そして最晩年の大作「近江」三十二句（二〇〇四年）へと結実してゆく。

淡海また器をなせり鯉幟
花ユッカ湖のマタイ伝第五章
夏は来ぬ戦傷《きず》の痛みの竪田にて　「近江」

なかでも「近江」では、「湖の連想から思いを紛争の地パレスチナのガリラヤ湖にも飛ばし、その地で伝導したキリストの思想の核心とも対峙する。今日の六林男俳句の到達点」(宗田安正「鈴木六林男管見」俳壇4月号、二〇〇五年)を示す作品である。それも「収斂しない志」ゆえに、ひとつの過程であったはずであり、その先に、これまでの群作とまた異なった新たな世界をも予感させていた。

最後に六林男ならではの有季俳句を引いて、この稿を締めくくりたい。いずれも耽美的と言ってもよい頽廃寸前の世界の中に、レクイエムの残響を聞きとることができる作者らしい佳品である。これも、また六林男の世界であった。

天上も淋しからんに燕子花　『國境』
紅梅と沈みゆく日をおなじくす　『悪靈』
月の出の木に戻りたき柱達　『雨の時代』

持続と断念　六林男の戦争俳句

1. はじめに

「戦後詩と呼ぶものは、戦争をくぐりぬける方法を詩のうえで考えることを強いられた詩のことであるといえば、いくらか当っている。べつの言葉でいえば、戦乱によって日常の自然感性を根こそぎ疑うことを強いられた詩といってよかった。」（吉本隆明『戦後詩史論』一九七八年）

十五年戦争をはじめとする戦争体験に依拠した文学的モチーフが、詩や俳句を含めた戦後文学の固有性としてあったことは、ほぼ間違いない。いま、冒頭に引用した「詩」という言葉を「俳句」に置きかえてみるとき、いわゆる〈戦後俳句〉と呼ばれるものの強いられた条件、あるいは避けがたい固有性の核となるものが〈戦争〉であったことが明らかに浮かびあがってくる。

これまでも鈴木六林男は、〈戦争〉にこだわり続ける俳人として評価されてきた。もちろん、いまだ砲弾の破片を体内に残す彼にとって、その境涯からも、また表現の固有性からも、〈戦争〉が大きな存在であったことは間違いない。六林男自身も、その作品の自註の中でくりかえし〈戦争〉というテーマについて述べてきている。しかし、鈴木六林男＝〈戦争〉にこだわり続ける俳人という、いわば定式化した評価が肥大すればするほど、それに対し、どこか名づけようのない異和感を抱いてしまうのは、なぜなのだろう。

　たしかに、つねに死と直面した六林男の戦場での体験は、まさに〝極限的〟という形容があてはまる。加えて、戦場から俳句を持ち帰るのに「（検閲に）対抗する唯一の方法は、自分の頭の中にかくすことであった。検閲の始まる直前まで、私は自分の作品を繰りかえして読み、暗記につとめた。」（鈴木六林男「自作ノート」一九七七年、『定住游学』所収）という尋常ではない体験を告白している。だが、そのような体験のすごみや特異性だけで彼を眺めてしまうとき、私たちは何か——その俳句表現を読むことに秘められた可能性と言うべきものを見失ってしまっている。

　あるいは、その〝極限的〟な戦場体験から生まれた作品を収める『荒天』（一九四九年）と、近年に編まれた『一九九九年九月』（一九九九年）。そのどちらの句集にも、〈戦争〉やそれをモチーフとした作品が収められているが、その両者の間にある隔たりは明らかだ。彼の六十余年にわたる句業、つまり表現史の中で〈戦争〉というモチーフは、いかに持続され、どのように変転をとげていったのか。そのような〝持続と転回〟のダイナミズムを、どこか見過ごされたまま、鈴木六林男は読まれてはいないだろうか。

　六林男にとって、〈戦争〉にこだわり続けるという評は、自身のセルフイメージである以上に、すでにひとつのレッテルと呼んでもよいものであろう。そのようなレッテルは、ひとりの俳人を位置づけるための要約としての機能をはたすこともあるが、一方でその俳人を、〈俳句史〉という過去の抽出の中に収めてしまうことにもなる。それは、ときに、その俳人と〈現在〉との通路を見失わせ、〈現在〉において作品を読むという行為を閉ざしてしまいかねない。あくまで、作品を読むという行為は、〈現在〉に作品の可能性を連れ出すことにある。

もちろん、私のような世代は、六林男のようにリアルな〈戦争〉は体験していない。いわば、戦無派と言ってもよい純粋戦後世代に属する。しかし、そのような〈戦争〉を体験していない世代にも、六林男の戦争俳句は生々しく迫ってくるものがある。この衝迫力の正体は、一体、何なのであろうか。また、いかに考えたらよいのだろうか。たしかに、私たちの周囲において〈戦後〉は遥かに遠のいてしまったが、また同時に、すでに〈戦前〉であるかのような私たちの〈現在〉という状況も容易に摑みがたいものになっている。その〈現在〉の起源と行方をたずねるとき、私たちは、六林男の戦争俳句の世界に、何度でも降りたってみる必要があるのではないだろうか。

2.〈余計者〉のまなざし

鈴木六林男の戦争俳句を考えるとき、やはり第一句集『荒天』（一九四九年）から始めるべきであろう。この句集には、一九三八年から一九四七年、彼の十八歳から二十九歳までの、いわば青春期の大半の作品が収められている。なかでも、陸軍へ入隊した一九四〇年（二十歳）から、紆余曲折を経て一九四二年（二十三歳）に除隊するまでに書かれた「海のない地図」と題された章の作品群は、〈戦争〉に関わる六林男の〝原体験〟と呼ぶにふさわしい光景が展開している。多感な二十代前半、つねにリアルな死と直面せざるをえない戦場という状況に己れの身をさらしつづけた時間は、どのようなものであったのだろうか。

風の中困憊の赤き河流れ
負傷者のしづかなる眼に夏の河
棉の原文学もなし死に隣る
かなしければ壕は深く深く掘る
ねて見るは逃亡ありし天の川
秋深みひとりふたりと逃亡す

「大陸荒涼」

月明の別辞短し寝て応ふ
遺品あり岩波文庫「阿部一族」
倦怠や戦場に鳴く無慮の蠅
個個にゐて大夕焼に染りゐる
墓標かなし青鉛筆をなめて書く
射たれたりおれに見られておれの骨

「海のない地図」

ちなみに「大陸荒涼」は一九四〇年から四一年の中国戦線での作、また「海のない地図」は一九四二年のフィリピンのバターン・コレヒドール要塞戦での作である。

いずれの作品からも、戦場という時空の虚無感がリアルな現在形で立ちあらわれてくる。戦場における何げない〈日常〉の一瞬が、まるでカメラアイのような視線で捉えられているが、それは、いわゆる〈写生〉と呼ばれる方法を、すでにはみ出している。戦場における〈日常〉は、たとえば内地での実生活における〈日常〉とは、全く異なった次元に属するものだ。そのため、これらの作品に対して〈写生〉という方法を無媒介なまま敷衍してしまうと、作品に内在する切実さや、それに伴う表現の水位を見失うことになる。むしろ、ここでは〈写生〉的な方法を発条としながらも、それを突き抜けた〝末期の眼〟と名づけてもよい〈日常〉への眼差しが獲得されていると言ってよい。

それにしても、これらの作品から伝わってくる虚無感と、それを含んだ〈しずけさ〉は何であろう。そこでは、戦場のもつ狂熱的とも言うべき高揚感は、ほとんど締め出されてしまっているように見える。たとえば、これらの作品に先立って書かれた「戦火想望俳句」と呼ばれた一群と比較してみるとき、「海のない地図」の特異性が浮かびあがってくるのではないだろうか。

ここに、六林男と同世代に属する三橋敏雄によって、一九三八年に発表された「戦争」と題された連作の一部を抽いてみよう。

射ち来たる弾道見えずとも低し
嶽を撃ち砲音を谿に奔らする
そらを撃ち野砲砲身あとずさる
あを海へ煉瓦の壁が撃ち抜かれ
戦車ゆきがりがりと地を掻きすすむ

その発表当時、山口誓子によって激賞されたこれらの作品群からは、まさに〝見てきたような〟戦闘のシーンが描き出されている。いずれも意図的に季語を排した作品には、刻一刻と移りかわる戦闘シーンが、ときにクールに、そして鮮やかに活写されている。だが、そこに人間の姿はない。あくまで「弾道」や「砲身」、「戦車」というモノが、その戦闘の像を形成しており、人間の姿はその背後に隠されている。これらの作品には、その当時の新興俳句運動の中で提唱された無季俳句、なかでも「戦火想望俳句」の最も良質でラディカルな到達点が示されていると言えよう。

今日の視点から眺めれば、このような「戦火想望俳句」の獲得した水準を踏まえながらも、「想望」することの臨界があらわになった地点から、六林男の「海のない地図」が始まっていると表現史的に考えることもできるのではないか。

「海のない地図」に戻れば、そこでは戦闘シーンが描かれることが極めて少ないことに、ことさら驚かされる。いくつかの作品――「追撃兵向日葵の影を越えたふれ」、「水あれば飲み敵あれば射ち戦死せり」、「夕ぐれの見えざるものを撃ち渇く」などには、戦闘のシーンと考えられるものが描かれているものの、「戦火想望俳句」のように、かならずしもダイナミックな描写とは言えない。むしろ作品の大半は、戦闘と戦闘の間に沼のように広がる〈日常〉と言うべきシーンによって占められている。

その〈日常〉においては、つねに死は隣り合わせのものだ。みずからの戦場における〈生〉とは、あらかじめ〈死〉によって拒まれている。そのため戦場においては、喰い、飲み、眠るという〈日常〉――そのみずからの肉体を再生産することさえも、直接的には〈死〉のためにあると言ってもよい。

「海のない地図」の作品にうかがわれる〈しずけさ〉とは、〈生〉の可能性を圧殺された戦場という極限的な状態にあって、なお人間として生きている限り、その理由や根拠を求めざるをえない〈さみしさ〉、あるいは孤独感の表出であり、作者の孤立した自意識の招きよせたものであろう。その孤立した自意識が、熱く、ダイナミックな戦闘シーンよりも、その間に沼のように広がる〈日常〉のシーンを選びとらせ、その中に戦闘よりも深い〈戦争〉の底無しの不条理を見出しえたのだ。その〈しずけさ〉を招きよせる視線を、作者自身の年譜や散文〈鈴木六林男「余計者の系譜」一九七〇年、『定住游学』所収〉の言葉にならって、ここでは〈余計者〉のまなざしと名づけてみたい。そのような視線こそが、青年、六林男に「史上最短の戦争文学」〈三橋敏雄・談〉とも評される次のレクイエムを書かせたのである。

ところで、六林男自身は、少なくともみずから強いられた「戦闘に対して、有効であろうとはしなかった。例えば、輸送船から盲腸の患者の担架をかついで降りたまま単独行動をはじめ、南京にいる佐藤鬼房に会いに行くなど、一般的な軍隊のイメージからは想像もできないような行動を取ったこともある。」（岡田耕治「『荒天』血と泥の中から」花曜8月号、二〇〇〇年）と聞く。このような六林男の行動から、まさにみずからを軍隊の〈余計者〉と呼んだ彼のイメージの一端が伝わってくる。

近代国家における軍隊は、その国家に対して明確な役割をもった存在である。そのため、一人ひとりの兵士は、あたかも歯車や機械の部品のように、有効に機能するよう規律づけられている。そのような軍隊にあって六林男は、どこか積極的に、みずからを有効ではない歯車、すなわち〈余計者〉であろうとした。このような姿勢には、敗戦直後、坂口安吾によって書かれた、次のようなシニカルなまなざしとも、どこか重なってくるものがありはしないだろうか。

「私は兵隊がきらいであった。戦争させられるからではなしに、無理強いに命令されるからだ。私は命令されることが何より嫌いだ。そして命令されない限り、最も大きな生命の危険に自ら身を横たえてみることの好奇心にひどく魅力を覚えていた。」（坂口安吾「わが戦争に対処せる工夫の数々」一九四七年、『坂口安吾全集5』所収）。

では、その内に〈余計者〉というみずからの位置を胚胎させていた六林男は、〈戦争〉それ自体をどのように捉えていたのだろうか。その直接的な答えを、「海のない地図」から取り出すことはむずかしい。だが、そのヒントとなるものを、章中に頻出する「逃亡」をめぐる作品から見つけ出すことができる。

掌の棉や逃亡の顔をつひに見ず
ねて見るは逃亡ありし天の川
秋深みひとりふたりと逃亡す

たとえば、二句目をめぐる「自作ノート」に六林男自身は、次のように記している。「逃亡者はうまく逃げたであろうか。失敗して捕ったのではないか。さきほどの銃声は何であったのか。逃亡者が逃亡を決意し、それを実行するまでの長い時間のたたかい。彼の背後にある国家とそこにいる肉親たち。」それに続けて、「逃亡者があったときほど国家と戦争、人間の運命について考えさせられることはなかった。」（鈴木六林男「自作ノート」一九七七年、『定住游学』所収）と述べている。

また、六林男の戦場俳句を高く評価する小川国夫は、この句をめぐって「逃亡の発想は彼にはない。（……）彼の体は大勢と共に残り、ただ銀河に思いを馳せている。ただ少数者（注・逃亡者）のことが気懸りなのだ。」（小川国夫「鈴木六林男の俳句」一九七七年、『現代俳句全集3』所収）と指摘している。

つねに死と直面した戦場という極限的な状況の中で、〈余計者〉というみずからの位置を定めながらも、ついに「逃亡」という行為を選択しようとはしなかった六林男。その背景には、「逃亡」という行為をどこか肯定しながらも、みずから「逃亡」することを選ぼうとしなかった〈一兵士〉としての倫理とも呼ぶべきものを見出すこともできる。戦争に対する、〈余計者〉というすぐれて虚無的なまなざしと、けっして「逃亡」をみずから選ばなかった〈一兵士〉の倫理。その〈余計者〉と〈一兵士〉の間にあるねじれと葛藤――この二重性と言うべきものが、〈戦争〉によって強いられた青春期の鈴木六林男の表現思想の位相であり、また「大衆にまぎれて、強く、現状を超えるものを思い見ている。」（小川国夫、前掲書参照）という、戦後にも続く彼のスタンスの基底をなしていくことを、ここでは指摘するにとどめたい。

3．〈死後〉としての戦後

『荒天』以後、鈴木六林男の作品から積極的に〈戦争〉というモチーフを見つけ出すのは、第四句集『櫻島』（一九七五年）まで待たなければならない。

もちろん、第二句集『谷間の旗』（一九五五年）、第三句集『第三突堤』（一九五七年）は、六林男俳句の全体像を考えるために重要な作品群――とりわけ「吹田操車場」、「大王岬」の群作が収められているが、直接的に〈戦争〉をモチーフとした作品は、ほとんど見られない。なかには、「帰還者」や「ヒロシマ忌」を素材とした作品も収められているが、どれも当時の社会や風景の中のひとつとして選ばれており、『櫻島』以降に発表されることになる作品との内容的な隔たりを感じさせている。まさに、戦後の六林男にとっての日常生活が、そのまま、もうひとつの〈戦争〉であったと比喩的に捉えることもできるが、一方、彼の戦場体験が確かな経験として昇華され、俳句表現の基底となるまでの時間として、『谷間の旗』、『第三突堤』を通過するまでの十年余りの歳月が必要であったのではないだろうか。

一九五七年から一九七〇年までの間に書かれた六〇二句を収める『櫻島』。それが、「兵士の顔」と題された章をもって始まることは、とりわけ象徴的である。

父の後姿に残る戦争泉の辺
泉の前すべつてあげるおとこの声
子に遺しおく一言と泉の声
髯や猫背や円柱にかくれ兵士の顔

ここに抽いたどれもが、作者自身のひとつのポートレートと言ってもよい。「父」であり「おとこ」であり、そして「兵士」として、それぞれ苦い想いを滲ませて形象化されている。なかでも、その「後姿に残る戦争」や「兵士の顔」という、けっして目の前にはない、いわば見えにくいもの――六林男の言葉に即して言えば、〈情況〉が発見されている。たしかに「戦争」や「兵士」の像は、敗戦後の激しい環境の変化の中で、日常風景に紛れこみ、宙吊りにされ、はっきりと見えにくいものになっている。しかし作者は、敗戦後も「どこかで銃をかかえたまま野原に臥したような感触がのこっていて、適応から拒まれる部分を打消せなかった」（吉本隆明『戦後詩史論』一九七八年）のではないだろうか。そして、あえて見えにくい〈情況〉という対象へ主体的に入りこみ、それをみずからのポートレートの中で捉えようとしたのは、戦後十数年を経てもなお、みずからを〈一兵士〉として認識しようとする六林男の倫理と呼べるものではなかったろうか。

そして、このような作品のしばらく後に、唐突と言ってもよい印象で、次の二句が並んで記されることになる。

戦争が通つたあとの牡丹雪

戦争が戻つてきたのか夜の雪

それまで、六林男俳句の中で、ほとんど直截に用いられたことのない「戦争」という措辞が並んで配置されていることに、まず驚かされる。そして、「雪」という季語と共に並置されることにより、どこか戦前の二・二六事件のイメージさえ彷彿とさせながら、その「戦争」が「通つたあと」、また「戻つてきた」と読ませるように作品は仕掛けられている。「戦争が通つたあと」、さらに「戦争が戻つてきた」とは、一体どのようなことなのか。また、それはいかなる〈情況〉

なのだろうか。その答えとなるものは、『櫻島』の一連の作品が書かれた時代的背景の中に隠されているように思われる。

たとえば六林男自身、『櫻島』を書いた頃を振りかえって次のように記している。「『櫻島』を書いた年代は、安保の季節といっても過言ではありません。流派を超えた会合であった西東三鬼還暦祝賀会の六月一七日も、安保デモの最中でした。この日、米大統領秘書官ハガチーが米軍ヘリコプターでデモの包囲から脱出しています。このような時期に、俳人の私が自己の存在を明確にするために、どのように状況と対置してきたのか。状（情）況と人間をどのように融合させ、または裁断したのか。いい方を換えて、状況にどのような内実をあたえ、どのような言葉に肉体化したか、ということです。」（鈴木六林男「『櫻島』のころ」一九八一年、『定住游学』所収）

これらの言葉には、戦後という時代に対して向きあってきた一人の表現者の心情が、いかんなく吐露されている。だが、ここで注目されるのは、「安保の季節」という彼の時代に対する認識であろう。言うまでもなく「安保」とは、日米安全保障条約の略称である。そして、「安保」によって代表される時代とは、日本が再軍備の道を模索しはじめ、それに伴い、かつて日本人の体験した〈戦争〉が、どこか忘れ去られようとしていく時代でもあった。ちなみに、『櫻島』の作品が書き始められた前年の一九五六年、日本政府は経済白書において「もはや戦後ではない」と謳っている。

六林男にとって、「戦争が通ったあと」と「戦争が戻ってきた」ことが同時に記されなければならなかった時代――。それは、日本人のかつての戦争体験が徐々に風化にさらされ、〈戦後〉という時間が未了性を抱えこんだまま、閉ざされようとしていた時代であった。

後年、第一句集『荒天』について、「俳句を始めて二年ぐらいの筆力では、戦争は書けなかった。しかし、戦闘なら書けるような気がした。」（鈴木六林男「『荒天』上梓のころ」一九八〇年、『定住游学』所収）と述べ、これまでほとんど用いてこなかった「戦争」という直截的な措辞をあえて作品の中に持ち込んだ背景には、〈戦後〉という時間を、みずからの中でけっして未了なまま終らせようとしない六林男の時代に対する強烈な叛意がこめられていたのである。

さらに、この「戦争」というキーワードは、その後の第五句集『國境』（一九七七年）、第六句集『王国』（一九七八年）、第七句集『後座』（一九八一年）において、さまざまな作品の中で変奏されてゆく。

閉ったドアで消えた戦争や夕日　『國境』
寒鴉戦争の向うがわ透いて
わが前に鉄路を継ぐ戦争あり　『王国』
ゆつくりと戦争の肩をかえりみる
戦争と並んでいたり露の玉　『後座』
戦中のごとし個人の方へゆく

『國境』所収の一句目では、ドア一枚だけで隔てられた「戦争」の危うく不安な像が、また二句目では、「寒鴉」との取り合わせの中で、さらに浮彫りになりつつある「戦争」が書きとめられている。また、『王国』所収の三句目では、鉄路の先に「戦争」が幻視され、四句目では、みずからの肩に残る「戦争」が書きとめられることにより、その肉体化、人格化もはかられている。さらに、『後座』所収の五句目では、「露の玉」という自然の季物の中にさえ、「戦争」が映りこみ日常化した状況が提示されている。

そのいずれの作品からも、「戦争が通つたあと」と「戦争が戻つてきた」ことが同時にある時代に対する危機感が、しずかに表出されているのだ。そして、六句目において、そのような危機的な時代性は「戦中のごとし」と直截に把握されており、その状況に対して「個人の方へゆく」ことによって対峙しようとする作者の意志や姿勢が、一句の中に鮮明に定着されていることを読みとっておきたい。

ところで、このような六林男の時代認識に関連して、私がことさら注意を向けるのは、『櫻島』の後半部「愛について」の章から頻出するようになる「わが死後」というキーワードである。

母の死後わが死後も夏娼婦立つ
わが死後の乗換駅の潦
わが死後の改札口を出て散り行く

いずれの句も此岸の、日常の風景の中にあるものを描きながら、「わが死後」という措辞を持ちこむことで、未来に対する危機意識を含みつつ非日常の方へ、その像を反転させようと試みられている。なかでも、二、三句目には「乗換駅」、「改札口」という鉄道に関連するものとの取り合わせの中で、彼岸への旅のイメージさえも暗示されている。ともあれ、このキーワードからうかがわれるのは、日常の風景の中に〈死後〉を幻視しようとする、どこか尋常ではない心性であろう。しかし、それは、未来に対する危機感や形而上的なモチーフとしての〈死後〉だけにとどまるものではない。つまり、六林男の〈死後〉とは、いわゆる「安保の時代」と名づけられた〈戦後〉という時空に対するアイロニカルな認識であり、それを象徴するキーワードとは言えないだろうか。

〈死後〉として戦後を生きること――それは、なにより〈戦後〉を生きる〈一兵士〉によって選ばれた倫理であった。そして倫理との葛藤をはらみつつ内向化した〈余計者〉のまなざしと、それに伴う六林男の戦後における表現思想が育まれるための固有の〈時間〉と〈場所〉が、ここには書きとどめられている。

雪の午後戦後に似たる切通し　『後座』

4. 仮構された〈語り手〉

鈴木六林男による戦争俳句の試みは、第八句集『悪靈』（一九八五年）において、ひとつの言語表現における極点に達したと言ってよい。それは、巻頭の「一人だけの大学」の章に置かれた「戦争」の作品群である。

なかでも、開巻、各句に旧陸軍戦時編成師団符号を詠みこみ、旧漢字を用いて表記された「十三字と季語によるレクイエム」は次のように始まる。

雪に遺す射抜かれたこの鐵兜
滿月の血まみれ軍醫なり瞑る
三の花飢のかなしさ幽靈にも
副葬の劍をあつめる夕焼けて
野分の血國旗を疊み幾夜經し
焼け墜ちる宮井の水に南の日
見よ左翼より玉砕の珊瑚の樹
戀人よもろ手を弓張月にあげ
絶望の静夜それも泉も國の恩

短夜の孤と個に別れ槍の匂い

まず、日本的な美意識の象徴とされる「雪月花」の師団符号から始まる一句目では、銃弾などにより射抜かれた鉄兜の荒涼としたイメージが提示される。つづいて、月光の下で血まみれになった軍医という救いのない絶望的な光景があらわれ、また三句目では、幽霊となった戦友や兵士達にさえ感受される戦場での飢餓のイメージが呼び出されている。

さらに、四、五句目では、戦場での葬いと野営の光景が続き、六句目では神聖である井戸の水にまで映る戦闘の光景が、また七句目では「左翼」という異和を伴った言葉を含みながら、南方の海での玉砕のイメージがあらわれる。八句目では、さながら『伊勢物語』の甘美な面影を曳きながら死んでゆく者を、九句目では、「泉」と「静夜」の中に御恩と奉公のアイロニカルな像が結ばれる。そして、十句目では「孤と個」に別れてゆくことを強いられた戦場の極限的な状況が、しずかに浮かびあがってくる。

その後も、このような作品が四十一句にわたり展開し、これまでにない多様な〈戦争〉の像が緊密な俳句的喩と視覚的とも説話的とも言える構成をとって提示されている。ここで、まず感じるのは、『悪靈』以前の六林男の戦争俳句と比較して言語空間としての密度と構成が飛躍的に高まっていることだ。たとえば、同じ戦場を描きながらも、『荒天』では、あくまで青年、六林男の等身大に近い〈余計者〉のまなざしを通して作品は書かれていた。それが、『荒天』の作品における青春性やロマンティシズム（坪内稔典「句集『荒天』と鈴木六林男」一九八〇年、『俳句　口誦と片言』所収）を支えていたのであるが、『悪靈』の言語空間には、もう一人の作者と言うべきもの、つまり等身大の作者とは次元の異なる〈語り手〉のまなざしが現れている。

その仮構された〈語り手〉は、等身大の、ありのままの作者ではない。作品の中の、まさに言語的主体と呼ぶべき存在である。その言語的主体は、おそらく『櫻島』以降、ラディカルに展開されてきた時代や社会など見えにくい〈情況〉の中に戦争の危機を透視するという方法が深化し、成熟していく中で胚胎したものであろう。そして、とりわけ六林男の場合においては、かつての〈余計者〉のまなざしが、〈死後〉としての戦後空間にさらされることによって、深化をとげ、再び選びなおされたものと言えるのかもしれない。

このような言語的主体――仮構された〈語り手〉の出現をうながしたのは、もちろん作者の方法と、それに伴う表現技術の深化であったことは確かである。だが一方、作品の全てに旧陸軍師団符号を詠みこみ、さらに全てを十三字に統一する詰屈とも言える表現上の規範性が、その発条として機能したであろう面も見のがせない。それは、まさに「全ての師団符号名が十三字のどこかへ入る確率と、他の十三字が組合わされて一句として成立する確立と」、それぞれの師団符号名が「等差階上に並ぶ確率とを想像してみると、気の遠くなるような句数が頭の中をめぐり、まるで数字の順列・組合せの難問にむかっている」（石戸多賀子「『悪靈』について」花曜5月号、二〇〇〇年）ようなおもむきの詰屈さである。

ただでさえ不自由なはずの五七五の十七音字の定型に、さらに過酷な二重、三重の枷をはめる六林男の試み——。それは、古来伝承されてきた定型という規範に、さらに作者独自の、みずからの表現上の規範を加えることで——比喩的に言えば定型をいじめつくすことで、近代俳句以降の季語の規範化・絶対化に対する内在的批判を含みつつ、俳句形式の可能性を遠方へと伸ばし、そこに未知の言語空間——画期的な〈戦争〉の像を出現させるための試みであった。

ちなみに『悪靈』では、この陸軍師団符号が全てゴシック体で記され、各句の十三字の間を一字ずつ下降し、十四字目からは上昇し、二十六句目からは再び下降するように配置され、戦争＝Ｗａｒの頭文字を視覚化する試みがなされている。この配置について、三橋敏雄は「このパターンは視覚的に山あるいは浪型、Ｗの連続型としてとらえられる。Ｗａｒの頭文字だ。〝山行かば草むす屍、海行かば水漬く屍〟のイメージが喚起されぬこともない。さらには旧陸軍歩兵大隊旗のデザインをも思わしめる」（三橋敏雄「淀は砂漠の水車」俳句5月号、一九八五年）と、さらに重層的な解釈の可能性を示唆している。

ところで、この旧陸軍師団符号をカリグラムとして詠みこむという手法——その近親性から思い浮べるのは、『悪靈』に先立って一九七九年に刊行された、高柳重信の多行形式の句集『日本海軍』である。ここでは、陸軍ではなく、海軍の数ある艦の名称を「憑り代として、すでに失われてしまったものを僅かに思い出そう」（あとがき）とする試みが行われている。

松島を
逃げる
重たい
鸚鵡かな

橋立に
見ざる
聞かざる
徒寝して

親不知
生えつつ
めぐる
厳島

いま、巻頭の三句だけを抽いたが、「松島」、「橋立」、「厳島」という艦名をキーワードに、多行表記と音韻性を基底に据えて、堅固な言語空間が紡ぎ出されている。ここでは、どこかレクイエムのおもむきを保ちながら、それぞれの艦名――ほとんど旧地名と重なってくる言葉を「憑り代」としながらも、「日本海軍」に関わる戦場やそのイメージに着地するのではなく、艦名の地点から、どれほど遠くにまで言葉のイメージを連れ出していけるのかということに、表現の可能性は賭けられていると言ってよい。

高柳重信にとっても、彼の戦中体験は、けっして軽いものではなかったはずだ。また、宿痾となる病をえることにより、つねに死と向きあいつづけ、六林男の場合とはまた異なった意味での〈余計者〉として、あるいは〈死後〉として戦後におけるみずからの存在を見つめ続けてきたことは、彼の評論や散文からも十分うかがうことができる。「多くの人たちが、深刻な生死の問題から、どうにか解放されたとき、僕は、いっそう切実に、わが身の生死を見つめなければならなくなっていたのである。」（高柳重信「富澤赤黄男の周辺へ」一九六八年）

六林男のカリグラムの試みには、おそらく『日本海軍』の刺激や影響が少なからずあったものと推測できるが、重信の作品群では直截に戦死者へのレクイエムが表出することは、まずない。音韻性を基底に据え、極度に仮構された言語空間の中で韜晦的にレクイエムを表出する重信と、一方、どのような表現上の条件にあっても戦場と死者へのレクイエムを手離すことをしない鈴木六林男——。

もちろん、この二人の表出にある相異は、それぞれが体験した〈戦争〉と、その年代的な感受の相異であり、その時代的背景も大きく影を落としている。だが、ことに六林男においては、〈戦後〉にも引きつがれる〈一兵士〉としての倫理が、いまだにひとつの拘束として、あるいは矜持として背景に作用していたことは見のがせない。

ふたたび『惡靈』の作品に戻れば、カリグラムとして選択された旧陸軍師団編成符号とは、次のようなものであった。

雪、月、花、剣、国、宮、玉、弓、泉、槍、藤、雷、河、鷺、祭、熊、山、命、狼、鯨、鏡、幸、武、兵、勲、虎、弾、竜、討、基、鵄、国、暁、兵、楓、橘、虎、玄、淀、椿、鯉、照、石、月、杉、沼、桧、東、北、柏、勾玉（「十三字と季語によるレクイエム」出現順）。

なかでも注目されるのは、雪、月、花をはじめ、泉、藤、雷、鷺、狼、鯨、楓、橘、椿など、歳時記上の〈季語〉と重なるか、それに類する名辞が多く見られることだ。戦中の日本における軍国主義のひとつの象徴というべき存在の旧帝国陸軍の師団編成符号と、一方、四季を生きる日本人を象徴する言葉であり、伝統的美意識のあらわれでもある〈季語〉との重なり——。

たとえば、「雪月花」が同時に体現できるような時にこそ死んでいきたいものだと歌った、西行法師の「願はくは花のもとにて春死なむ　そのきさらぎの望月のころ」（『山家集』）。この歌などは、過激な漂泊者として生涯、反政治的とも言える態度を貫いた西行の表現思想と切り離されたところで、日本人の美しい死に方——散華の美学の中で、そのひとつの典型として読まれてきたと言う。そこに、〈国家〉や〈天皇〉も、かつての〈戦争〉やその中の〈死〉さえも、まさに〈自然〉のものとして甘受してしまう戦中における日本人の歴史意識と、それに伴うエートス（生活的な感情）の根を見てとることもできよう。

そのような、どこか両義的な危うさを含みもった〈季語〉と、それを支える伝統的美意識、あるいは自然感性の規範性に対するひとつの批評と言うべきものが、「十三字と季語によるレクイエム」には秘かに仕掛けられていることも見のがしてはならない。そして、その〈季語〉に対する批評的姿勢は、その後の句集『雨の時代』、『一九九九年九月』において、俳句形式との軋轢と和解を同時にはらみながら、さらに深化してゆくことになる。

5.〈断念〉という思想へ

ここでは、まず第十句集『雨の時代』(一九九四年)と、それに続く『一九九九年九月』(一九九九年)から〈戦争〉というモチーフに関わる作品を抽いてみる。

『雨の時代』

徴兵令知る草木らの初茜
夜咄は重慶爆撃寝るとする
戦友をさがす広告開戦日
初雲雀老戦友の自殺また
どこからも見え極地戦落し文
花篝戦争の闇よみがえり

永遠に孤りのごとし戦傷《きず》の痕
白兵の夢のつづきを花野ゆく
遠くまで青信号の開戦日
海底に未還の者ら八月は
原爆忌遠近法を喪失し
人と影足もてつながる敗戦日
われの死後戦友のなし夏の海
天の川あやめしことをすぐ忘れ

『一九九九年九月』

　これらの作品を抽いてみて、まず気づかされるのは、これまでより一見、平易に表記されながらレクイエムとしての色彩を一層濃くしていること。そして、その多くは〈季語〉を含んだ作品であることだ。たしかに、無季の句も僅かにあるものの、その多くは〈季語〉と取り合わせられたように見える作品によって占められている。
　だが、ここで注意しなければならないのは、いずれの作品も現在形で書かれていながら、ある距離感のようなものを感じさせることである。だが、その距離感のようなものは、単なる回想とか、ノスタルジーといった目に見える〈遠さ〉とは、どこか異なったものを含んでいる。近くにあるのに遠い、あるいは遠くにあるのに近い、そんな「遠近法を喪失」してしまったような距離

感。それは、デジャ・ブ＝既視感と名づけられた感覚に、あるいは近いものかもしれない。たとえば、『雨の時代』に収められた、

花篝戦争の闇よみがえり

ここでも、戦争をめぐる安直な言説やイデオロギーは一切述べられていない。「戦争の闇」とは、いかなる闇なのか語られることなく、まさに「闇」として放り出されている。しかし、夜桜を照らし出す「花篝」という美しい〈季語〉と取り合わせられてしまうことで、一句は名づけようのない異和を抱えこんでしまっている。それは、「戦争の闇」――「自然の闇と、人為的な強迫観念が生み出す闇の二重構造を備えた〈闇〉」（高澤晶子「鈴木六林男の現在」花曜8月号、一九九七年）という措辞が、一句の像の中心を構成することによって、「花篝」という季語の安易な抒情性は締め出され、明らかに変質を迫られている光景といってよいだろう。

さらに言えば、「花篝」という季語が、その〈季語〉としての根拠をかたちづくってきた共同の規範性――虚子以来の近代の俳句（発句）が擬制の共同性としてきたものを、まさに幻想性として露呈させてしまっている事態と言えるのかもしれない。ここにおいて、既知の俳句は異和を抱えこんだまま、一旦、脱構築されている。

言うまでもなく〈季語〉は、近代日本における俳句（発句）の規範とも呼べるものである。近代以前の俳諧における「座」と名づけられた共同性の基盤が、近代化の過程の中で解体されてし

まったあと、「花鳥諷詠」と「客観写生」と名づけられた主張の中で、「座」にとってかわる擬制の共同性として〈発見〉され、それ以来、ひとつの規範として絶対化されていったものと見てよい。

さて、「花篝」の句に戻ると、いわゆる〈有季定型〉の条件を満たしながらも、〈戦争〉というモチーフを作品に持ちこむことで、いくぶん大袈裟に言えば〈有季定型〉という近代俳句の根拠である擬制の共同性をも同時に曝いてしまう、あるいは露呈させてしまおうとする。そんなラディカルな方法意識と言えるものを、そこに見出すこともできよう。このような批評的性格は、その多少の差異はあっても、ことに『雨の時代』以降の〈戦争〉をモチーフとした作品群において、とりわけ顕著なものとなってくる。

それは、かつて「季語とは、環境であり、状況であり、さらにこれらよりも情況的である。」（鈴木六林男「壁の耳」一九七五年、『定住游学』所収）と述べ、そして「見えない自然としての情況」をこそ表現しようとする六林男の季語情況論――〈季語〉の規範性に対する内在的批判を背景として、仮構され、作品化されたものと言えるだろう。

もし、これらの作品が、どこか〈遠く〉に感じられるとしたら、作者の〈戦争〉に対する視力のおとろえなのであろうか。それとも、〈語り手〉の仮構力の弱まりなのであろうか。いや、そうではあるまい。それは、〈戦争〉というモチーフの中に、すでに時代や状況に対する作者の〈断念〉とも呼べるものが入りこんでいるからではないだろうか。六林男自身の体験した「戦争の闇」

は、今日でも彼自身の内で生きつづけ、「花篝」の美しさの向こうにデジャ・ブ＝既視のように何度もよみがえりながらも、自分の肉体の消滅と共に消え去っていくしかないという――〈断念〉。それは同時に、これらの作品が書かれた一九八〇年代から一九九〇年代――昭和の終焉と平成という時代の始まりという、まさに〈戦争〉という言葉が死語化しつつある時代に対する、六林男の深い〈断念〉とも言えるのではないだろうか。

夜咄は重慶爆撃寝るとする

冬の「夜咄」の席で語られる「重慶爆撃」。「重慶」は、四川省の隣にある中国西南部地区で最大の商業都市。日本軍は、一九四〇年と翌一九四一年にわたり断続的に無差別爆撃を行なったという。戦意昂揚のプロパガンダであったとも言われる、この「重慶爆撃」は、多くの一般市民をも巻きこみ、「ゲルニカ」や「ヒロシマ」と並ぶ戦争のトラウマとも呼べる深い傷を歴史の中に刻みこんでいる。

「夜咄」で語ったのは、作者自身であったのか、それとも同席した誰彼であったのか。ここでは何も明かされていない。しかし、中七の「重慶爆撃」で大きく切れ、「寝るとする」と書きつけてしまう六林男。「沼のような虚しさの気配」（白井房夫「鈴木六林男の一句」花曜1月号、一九九九年）の中で、ここでも作者の〈断念〉と呼べるものが色濃く漂っている。

戦争によって血塗られた昭和という時代が終焉し、平成と呼ばれる時代が始まっていく中で、ついに〈断念〉を抱えこみながらでしか書くことのできない六林男の〈戦争〉。しかし、これらの作品には、柔な反戦イデオロギーや嘆き、憤りといった感情に、けっして搦めとられることのない、ある意味で〈戦争〉を欲望する人間の無意識の領域にまで触れようとする非戦の思想と呼ぶべきものが横たわっているように感じる。

〈余計者〉のまなざしも、〈一兵士〉としての倫理も引き受けた、その先に立ちあらわれる〈断念〉という思想――。それが、『雨の時代』以降の〈戦争〉をモチーフとした作品群において具現化しえたものではないだろうか。ただ、そのことを可能にしたのは、「日本語のもつ論理的な弱さを高度に利用することによって、逆説的に感情の必然的結びつきを組立てる」（谷川雁「一九四〇年代初期匿名コラム」一九四八年現代詩手帖4月号、二〇〇二年再録）という、まさに俳句形式のはらむ反近代的なオリジナリティであったことは見のがせない。

半世紀以上も前の「重慶爆撃」という〈遠い〉光景。それを、今も〈近く〉に感じてしまわざるをえない痛みを伴った感受性。けっして、それは回想とか、ノスタルジーといったものに解消されてしまう質のものではありえない。あの日から、時制の遠近法は壊れてしまっているのだ。六林男の内において、〈戦争〉は、今日も、新たなかたちをとって続いているのだ。それが、〈死後〉として戦後という時間を生きることを強いられた者にとって、俳句表現の不可避の坑道であったのである。

永遠に孤りのごとし戦傷《きず》の痕

きっと、そうなのだろう。人の内なる傷といったものは、この作品のように「永遠に孤り」のごとく存在するしかないものなのだ。ついに一般化することのできない、孤独な〈場所〉に残された「戦傷の痕」。みずからの墓場に持っていくことしかできない、自分自身の内に深く刻まれた傷。しかし、それは、輝かしい勲章でも、誰彼に伝えることのできる言葉でも、けっしてない。

「正直に言って命はおしく、積極的な反戦行為に出る勇気は勿論なく、殺戮、略奪の戦争ルールの渦中にあって疲労困憊の憂鬱な毎日であった。（……）この戦場の中に僕もいたことは、僕は弱く、自信も勇気もなかった証拠である。これ以外に理由はない。」〈鈴木六林男「人間について」一九七四年、『定住游学』所収〉

このような苦い想いを、つねに伴った容易に語りえない傷を、あえて、みずから語ろうとするところに〈書くこと〉——表現の始まりがあるとするならば、六林男にとっての俳句表現とは一体、何であったのだろうか。それは、誰とも共有することを拒んだ、いや拒まれた孤独な傷を見つめつづけ、それと生涯、つきあい続けていくことに他ならなかったのである。

白兵の夢のつづきを花野ゆく　　『一九九九年九月』
海底に未還の者ら八月は

天の川あやめしことをすぐ忘れ

地球のどこかで〈戦争〉が存在するにもかかわらず、ますます〈戦争〉が見えにくくなってきている現在。その〈現在〉という見えにくい戦場において、このような作品を書き続ける六林男は、まさしく〝魂の単独者〟と呼ぶにふさわしい。そのような単独者の〈場所〉こそ、俳句形式の逆説性ゆえに、〈断念〉が、ひとつの非戦の思想として、あるいは救済として胚胎する現代俳句のトポスであるのではないだろうか。

6. おわりに

これまで、私なりに鈴木六林男の戦争俳句を読みなおしてきたが、この稿で留意してきたこと、そして気になったままであること、さらに若干の補足というべきものを記しておきたい。

まず、本稿で留意してきたのは、六林男がみずからの作品や俳句観を語る際に用いる特徴的なキーワード――たとえば「ニヒリズム」、そしてその究極としての「ヒューマニズム」、あるいは「戦争と愛」というテーマについて、その一部を除いてほとんど用いてこなかったことである。それは、六林男固有のキーワードを安易に用いてしまうことにより、何よりも作者の言葉――その世界の内部に囚われ過ぎるのではないかと考えたからに他ならない。

この稿では、六林男の戦争俳句の内部に入りながらも、できるだけ外部へ抜け出ること、そして、その距離をはかること。言いかえれば、〈戦争〉を直接体験していない他者として鈴木六林男を読解する——とくに表現思想と、その主体を浮彫りにすることに努めてきたつもりである。

つぎに、気になったままであることは、本稿で主な対象としてきた作品が、〈戦争〉というモチーフが直接的に表現されている作品に限られていることだ。それは、いわば狭義の戦争俳句と呼んでもよいものであろう。

しかし、六林男の俳句を読んでいくと、〈戦争〉というモチーフと一見して関係ないように見えるものであったとしても、そこには〈戦争〉が深く影を落としている。たとえば、人口に膾炙した「天上も淋しからんに燕子花」（『國境』所収）の句も、戦死者へのレクイエムという背景を抜きにしては、おそらく考えられない作品であろう。あるいは、狭義の戦争俳句のほとんど見当らない第二句集『谷間の旗』に収められた「暗闇の眼玉濡さず泳ぐなり」の句も、極限的な戦場体験を背景として読むことにより、さらに作品に奥行きのあるリアリティが生まれてくるはずだ。

このような直接的には〈戦争〉をモチーフとしていないように見える作品を視野に収めることで、六林男の〈戦争〉をめぐる全体像は、さらに重層的な質と厚みをそなえると思われるが、そのことについて本稿ではほとんど手付かずのまま残されている。

終戦の人ら泳げり敗戦日

花曜三七一号

旱星昨日はここらは焼野原　　花曜三七〇号

折れ杭の如きわれ在り月と雪　　花曜三七六号

『一九九九年九月』以降も、〈戦争〉と〈時代〉にこだわり、このような作品を書き続ける六林男は、「戦乱によって日常の自然感性を根こそぎ疑うこと」（吉本隆明）を強いられることによって、歳時記に代表される永続的なものから逸れていかざるをえない運命を、不可避に辿らされることになった〈戦後俳句〉のひとつの典型を生きている。そして、彼の作品も、これまですぐれて人間主義的な〈戦後俳句〉という歴史的文脈の中で読まれ続けてきた。

しかし、今日こそ、そのような〈戦後俳句〉、あるいは〈社会性俳句〉という枠組の中から、六林男の作品を連れ出してみる必要があるのではないか。そして、〈戦争〉を直接体験していない私たちのような読者こそ、〈戦後俳句〉というコンテクストに囚われることなく、もっと自由に六林男の作品を読んでもいいのではないだろうか。

たとえば、六林男が戦中、その俳句表現の出発において手に入れていた〈余計者〉のまなざし――どこか、敗戦直後の安吾などとも通底する〝無頼的〟と呼ぶこともできるまなざしは、戦中、戦後を通じて彼の固有性の核であり、展開力の基底となってきたことは間違いない。また、それは、彼の〈一兵士〉としての倫理との葛藤の中で、極めて私的な倫理――ひとつの表現思想へ着地させるための濾過装置としても働いていたのである。そして、そのまなざしを辿っていくと、〈戦後俳句〉のひとつの臨界面を描き出しながらも、これまで定式化されてきた〈戦後俳句〉＝戦後文学的なコンテクストを、すでに、はみ出してしまう可能性さえ秘めていることに気づかされる。

おそらく、このような〈場所〉から、これまでとまた異なった読みが試みられ、そして多様な六林男像が生み出されていくのではないだろうか。

ともあれ、これまで私は、〈戦争〉という直接的な体験を持たないまま、一見、平穏に過ぎてゆく日々の中で、六林男の戦争俳句を読み、考えてきた。だが、そのような安逸に見える日常の中にこそ、ある種の地獄を、そして生と死の境を見ることができなければならないのではないだろうか。それは、たとえば、日常の中に〈戦争〉を透視することと言ってもよいだろう。いま、私たちが、〈戦後俳句〉の遺書とも言うべき六林男の作品から受け取らなければならないのは、そのような日常の中のラディカルな表現思想なのである。

情況と遠近　六林男の群作

鈴木六林男の作品を読みすすめていくと、連作、あるいは群作と呼んでもよい多くの作品群と出会う。それは、すでに第一句集『荒天』（一九四九年）に収められた「海のない地図」と題された戦場俳句をはじめ、さまざまに展開されていくのであるが、ここでは戦後、より意識的・方法的に取り組んだと思われる作品群に注目してみたい。

寒光の万のレールを渡り勤む
連結手大寒の地にすぐ戻る
吹操銀座昼荒涼と重量過ぎ
旗を灯に変える刻来る虎落笛
煙臭しこの機関士の永き冬

掲出した作品は、第三句集『第三突堤』（一九五七年）に収められた「吹田操車場」をモチーフとする六十句の一部。タイトルとなった吹田操車場は、「総延長一一五粁、総面積七六万平方米。

職員の殆どが歩き廻り熄みなく、昼夜の別なく貨車を捌いている。特に東部坂皁の連結手は一日平均四〇粁は歩くと言う」――そんな過酷を極める労働の場所であり、〈戦後〉という風景のひとつの典型を示している場所でもある。そのようなモチーフであるため、今日から見ると十分に読み切れない箇所も少なからず含んでいることは否定できない。

六林男自身、この作品の背景について「昭和三十年ころ、私は人間と季語や季題でない季節、もっと正確にいえば人間と自然のかかわりについて考えていた」。そして「分きざみに提示された自然（時間）のなかで、人間が機械を媒体にして、時間（自然）に立ち向かっていく形の六十句であった」（「定住者の思考」一九七九年、『定住游学』所収）と述べている。

さらに、この群作につづき六林男は、「自然と人間の調和の在り様」を書くことを意図して五十四句からなる「大王岬」を発表している。

枕頭に波と紺足袋漁夫眠る
冬海へ煙遊ばす煙突《けむりだし》
海光に盲い一日何繕う
胸元に灯台すわる寒夜あけ
真水乏しはるか幾千の陽あたる墓

明らかに「吹田操車場」とは正反対に位置するモチーフに見えながら、ここでも単なる愛でる

「季語や季題でない」自然と人間の関わりへと、作者のまなざしは注がれている。

もちろん、どちらも社会性俳句と呼ばれた動向の中で書かれた六林男の代表作であり、今日の読者にはある距離感を感じさせてしまう。だが、その〈社会性〉と呼ばれるフレームを外したとき、これらの作品群からは何が立ちあらわれてくるのだろうか。そのことは、〈社会性〉にまつわる「労働の尊さというイデオロギー」(仁平勝「『戦後俳句』再考」一九九八年、俳句朝日増刊)を外し、読みなおしてみることと言い換えてもよい。

結論から言えば、〈社会性〉という呼称とは裏腹に、そこに立ちあらわれてくるものは人間と自然の関わり――相克と融和の原型的イメージであり、また、どこか身体化された自然(時間)とも言えるイメージを取り出してみることができる。そのような読みを可能とするのは、「季語や季題でない」自然と人間の関わりという散文的テーマと、何よりもその主題性を保証しえた群作という方法であったと考えることはできないだろうか。

ところで、連作(あるいは、群作)とは、俳句形式が〈現代化〉するためのひとつの方法的試行であった。一九二八年、水原秋桜子は短歌の連作方式を俳句に応用した「筑波山縁起」五句を発表。設計図式と呼ばれる秋桜子の連作俳句の始まりである。一方、山口誓子は、あらかじめ設計図を必要とする秋桜子に対して、一句一句の作品の配列に主眼を置いたモンタージュ式を主張する。そのなかで誓子は、一句の独立性を重んじながらも、群としての「感情の流れ」を重視する考えをとり、それまでの俳句表現において不可能とされていた散文的な主題性――小説的とも、哲学的とも言えるテーマを打ち出すことを可能にした。

このような俳句表現史的な流れに沿えば、鈴木六林男の方法的試行は、明らかに誓子のモンタージュ式を踏まえたものであることがわかる。だが、誓子における「感情の流れ」という地点に留まることなく、その時代と通底する〈思想〉や〈社会批判〉という主題を大胆に持ちこんでいることは見のがせない。そして、そのことが俳句の連作（あるいは、群作）における〈戦後〉という時代性でもあったはずだ。

この六林男の方法的試行は、第六句集『王国』（一九七八年）に収められた石油化学コンビナートをめぐる「王国」——序章二十五句と合わせて七十六句に至って、また新たな局面を切り開いていくことになる。

冬の日息をしているパイプの森
油送車の犯されている哀しい形
司祭者よ走りつづける陽気な油
氷雨の夜こんなところに芳香族
恋愛の貪欲のパイプ濡れてくる

これらの作品群でモチーフとして表出された対象は機械と油であり、人間の姿そのものは作品の背後へとしりぞき、機械と油だけが演じているように描かれている。だが、その「陽気」に精彩を放っているように見える油も「季語や季題でない」自然のひとつとして選び取られており、また機械（石油化学コンビナート）に象徴される科学によって「犯されている」存在だ。さらに、その油には人間のメタファーとしての像も、同時に重ね合わせて表現されていると考えてもよいだろう。

この「王国」について作者自身は、「序章の第一句目を書いたのは昭和四十年で、仕上げたのは昭和四十九年であった。十年間の四季にかかわったことになる。しかし、発表するときには、冬の一日に統一した。都合のいいように季語を入れ換えた。私の季語情況論の実践としてそれを行った。」（「定住者の思考」一九七九年、『定住游学』所収）と述べている。

ここで示されている「季語情況論」とは、いったい何であろうか。それは、「僕にとって季語とは、環境であり、状況であり、さらにこれらよりも情況的である。言い方を換えれば、僕にとって季語とは、見える自然としての環境（状況）や見えない自然としての情況のなかから、わが季語情況論へ転移していく質のものである。」（「壁の耳」一九七五年、『定住游学』所収）と語られ、六林男独自の俳句手法の骨格のひとつを形成していくものであった。

これまで見てきた「吹田操車場」や「大王岬」、そして「王国」などの作品群は、それぞれが冬の季節に統一されており、作者の制作意図に従って「都合のいいように季語」は入れ換えられている。このように季語を自在に入れ換え、その作品群をより明確な像＝イメージへ導くための装置として活用する六林男の「季語情況論」――その方法論こそが、有季定型という擬制の共同性を脱講築し、群作という方法的試行を、その作品内部からも保証するものではなかっただろうか。言い換えれば、その時代に通底する〈思想〉を俳句形式において表現するために、群作をヨコ系に、そして「季語情況論」をタテ系とすることによって、鈴木六林男は俳句形式の〈現代化〉――つまり、新たな俳句的遠近法＝パースペクティブの獲得をはかったのである。

その後、六林男の方法的試行は第八句集『悪靈』（一九八五年）に収められた「戦争」の作品群――なかでも、各句に旧陸軍戦時編成師団符号を詠みこみ、旧漢字を用いて表記された「十三字と季語によるレクイエム」において、その構成面においてひとつの極点に達したように思われる。

雪に遺す射抜かれたこの鐵兜
滿**月**の血まみれ軍醫なり瞑る
三の**花**飢のかなしさ幽靈にも
副葬の**劍**をあつめる夕焼けて
野分の血**國**旗を疊み幾夜經し

三十八句にわたる作品群において、これまでにない戦争の像が緊密な俳句的喩と言語的オブジェと言ってもよい構成をとって提示されている。ちなみに、カリグラムとしての陸軍師団符号は全てゴシック体で記されており、各句の十三字間を一字ずつ下降したり上昇したりするように配置され、戦争＝Ｗａｒの頭文字を視覚化する試みもなされている。

十三字とカリグラムという規範を抱えこんだ群作――ここでは、ただでさえ不自由なはずの五七五の十七音字の定型に、さらに二重、三重の枷をはめることで、俳句形式の可能性をさらに遠方へと伸ばし、そこに戦争を〈思想〉的な主題とした未知の像を出現させる試みがなされている。この異形とも、奇観とも言える作品群は、すでに〈現代化〉された俳句のある臨界さえも予感させてはいないだろうか。

そして、この言語空間においては、もう一人の作者というべきもの、つまり等身大の作者とは次元の異なる語り手のまなざしが現われている。そのまなざしの主体を、いま、仮構された語り手とも、あるいは発話者とも呼んでみることもできよう。そのような言語的主体の出現がうながされたとき、六林男にとっての群作という方法的試行はひとつの極点に達したと言ってもよい。

だが、その極点とは、〈戦後〉という主題に断念を含みながらも、『雨の時代』以降の達成へと向かう、六林男にとってひとつの折り返し点であったのではなかろうか。

耽美と鎮魂

六林男の有季俳句

暗闇の眼玉濡さず泳ぐなり　『谷間の旗』
天上も淋しからんに燕子花　『國境』

二〇〇七年、「俳句」（角川書店）八月号において「大特集・古典となった戦後俳句」と題されたアンケート特集が行なわれていた。二十代から七十代にわたる作品傾向も立場も異なる二十名の俳人によって、文字通り現在の時点において「古典」と呼んでもよいと考えられる作品が選出されている。とりわけ興味深かったのは、その中の五名が揃って鈴木六林男の前掲の「天上も……」の作品を、また四名が「暗闇の……」の作品を選んでいることであった。

この二つの俳句作品は、確かに戦後における鈴木六林男の代表作と呼ぶことのできるものであろう。しかし、「暗闇の……」の句は泳ぐ眼玉だけがクローズアップされ、それが当時の社会や状況に対峙するメタファーとして硬質なイメージで形象化されているのに対し、一方の「天上も……」の句は琳派などに代表される伝統的美学とも通底するような、どこか典雅で洗練された佇まいさえ見せている。この両者の作品の間に横たわるイメージの隔たり、あるいは径庭こそが六林男の作品世界のスケールと全体像を読み解く鍵であるにも拘わらず、それは同時に安易な解釈や理解を許そうとしない重層性となっていることも確かだ。

とりわけ後者の傾向を代表する「天上も……」の作品は、かつて高柳重信によって鈴木六林男の代表作と讃えられ、さらに塚本邦雄は『百句燦燦』（一九七四年）の中で、この一句をめぐって「ことさらに六林男の代表句の一つとして鍾愛することには異見も多多あらう。私自身すらひそかに逡巡するものがある。」と述べながらも、塚本らしい美意識に彩られた見事な鑑賞文を記している。確かに、この一句は文句なしに美しい。耽美的と言ってもよいだろう。典雅な気品をそなえた紫色の燕子花に存在の淋しさを感受し、さらに天上の世界の淋しさにまで思いをめぐらせようとする作者のまなざしには、塚本が指摘するように尾形光琳の代表作のひとつである「燕子花図屛風」（根津美術館所蔵）を彷彿とさせる美意識さえ感じさせるものがある。しかし、作者である鈴木六林男に則して理解すれば、かつて戦争で逝った数多くの同世代の「英霊」たちに対する鎮魂の呼びかけが、そこには込められていることも見逃してはならないように思われる。

ときに耽美的とも呼べるような美的構成と、その言語空間にこめられた鎮魂――。そのような作品傾向だけを取り出せば、第一句集『荒天』（一九四九年）において他に類を見ないような壮絶な戦場俳句を刻印し、戦後は社会に生起するさまざまな事象と正対しながら、その時代を切り取りつづけてきた作者に則して考えてみると「ひそかに逡巡するものがある」ことだろう。けれども、鈴木六林男の初期から晩年に至るまでの全句業を見わたしてみると、そこには看過できないひとつの系譜を、それらのけっして多くはない作品群が形づくっていることも事実である。

牡丹雪地に近づきて迅く落つ　『荒天』
颪の日の牡丹を切つて暗きに置く
蝶が来る月下の坂をはるかより　『谷間の旗』
夜の芍薬男ばかりが衰えて
降る雪が月光に会う海の上　『第三突堤』
夕月やわが紅梅のありどころ　『櫻島』
月の出や死んだ者らと汽車を待つ
童女かな夕べ落花の中に泛き

ここでは、「天上も……」の作が収められる第五句集『國境』（一九七七年）以前の句集から抽出してみた。これら『櫻島』までの句集には、戦後という時代の世相を反映した貧困や飢餓、あるいは不安や孤独といったテーマが繰り返し登場し、六林男自身も当時の〈社会性俳句〉と呼ばれた動向の旗手のひとりとして注目された時期であった。しかし、ここに抽いた作品ではそのような喧噪と猥雑さは影をひそめ、どこか静謐とも言える気配をただよわせている。

第一句集『荒天』に収められた一、二句目は初期の作品であるにも拘わらず、すでに対象を鋭く切り取る写生的なまなざしと美的な構成力が体現されていることが理解できよう。一方、『第三突堤』所収の「降る雪が……」は作者の代表作のひとつであるが、降りしきる雪片が月光を浴びながら刻々と海面に消えてゆく光景は、まさに耽美性の中にレクイエムの残響を感じさせる作品である。だが、それは写生的に捉えられた現実の世界ではない。あくまで、言葉によって形づくられた想像上の光景だ。そのことは三句目の鮮烈な「月下の」イメージをたたえた光景においても同様であろう。さらに四、六、八句目の作品においては、それぞれに配された「芍薬」、「紅梅」、「落花」などの絢爛な、あるいは清楚な花たちは、いずれも季語であると共に一句中の何らかの詩的な象徴として選びとられている。たとえば「芍薬」のように、「男」という措辞との対比の中で明らかに女の性のメタファーとして読みとれる場合もあるけれども、「紅梅」や「落花」の場合はどこか妖しさや甘美なイメージをただよわせながら、さらに多義的な読みを誘うような作品だ。また、『櫻島』所収の七句目にいたっては、宮沢賢治の『銀河鉄道の夜』さえ思わせる「月の出の」幻想的な光景の中に、六林男らしい鎮魂の呟きを聞きとどけることもできよう。

闇を見てあれば現われ曼珠沙華　『王国』
千の手の一つを真似る月明り
夢のあと手のひらひらと花月夜　『悪靈』
満開のふれてつめたき桜の木
月の出の木に戻りたき柱達　『雨の時代』

夕桜われら二人の死が見えて
中有のいずれも紅き蛇苺
日光のあと月光の沈丁花

『一九九九年九月』

つづいて『國境』以後、晩年にいたるまでの句集から抽出したこれらの作品を見ると、雪月花をはじめとする伝統的な美意識に関わりの深い季語を巧みに活用しながら、いっそう洗練されているようにも見える。二、三、五、八句目では、それぞれ月に関わる季語が措辞として用いられている。二句目のささやかな仕草に対するまなざし、三句目のエロティシズムをたたえた耽美な光景、五句目の悲壮とも言える鎮魂の呟き、そして八句目の時間性を描き込んだ広がりなど、その世界は多彩だ。また、四、六句目は桜に関わる作品であるが、美しい花の背後に不安や死、そして危機的な気配を描き込む虚無的なまなざしも六林男ならではのものではなかろうか。さらに一句目の「闇」と「曼珠沙華」、七句目の「中有」と「蛇苺」の取り合わせなどは、写生的な日常を突き抜けたまなざしによって、どこか幻想的とも呼べる光景が形象化されている。

ところで、この時期、鈴木六林男が好んで取り上げたものに「梅の花（特に紅梅）」というモチーフがあった。すでに第四句集『櫻島』にも、「夕月やわが紅梅のありどころ」という耽美的とも言える典雅な作品が収められているが、作者は晩年になるまで繰り返し好んで取り上げている。この「梅の花」というモチーフについては、さきに取り上げた「燕子花」と同様、尾形光琳のもう一つの代表作である「紅白梅図屛風」（ＭＯＡ美術館所蔵）にも通じるものがあり、もしやすると六林男の美意識の中には琳派に代表される十八世紀の爛熟した伝統的美学からの刺激を受ける何らかの要素があったのであろうか。

紅梅と沈みゆく日をおなじくす　『悪靈』
紅梅や山よりも水なつかしく
夕ぐれの紅梅を見に戻りゆく　『傢賊』
幹幹を夕闇のぼる梅の花　『雨の時代』
青空にあずけ白梅紅梅も
紅梅や微熱の体通るたび　『一九九九年九月』
深夜稿また紅梅にはげまされ　『五七四句』（未刊句集）
紅梅を離れてからの不文律

いずれの作品も、写生的なまなざしでは捉え切ることのできない、豊かな非日常性を呼び込みながら、そのつど新たな「紅梅」や「梅の花」をめぐるイメージが様々な光景に託されて描き出されている。それは、一句目にただよう諦観と鎮魂、二句目の自然の深遠さへの想い、四句目のあえかな寂寥観、六句目にただようエロティックな恍惚、七句目の慰安、そして三句目と八句目に通底する心理的な危うさなど、ときには背後に女性の気配とデカダンスさえただよわせながら、実に多彩なイメージが展開されているのだ。これら「紅梅」などの一連の作品には、季語の規範性をくぐり抜けた六林男ならではの美的世界の、ひとつの達成が示されているといっても過言ではないだろう。

これまで見てきた作品は、言うまでもなく、いずれも季語を含んだものであった。そして、ときには季重なりを犯しながらも、その一句中の季語である言葉がそれぞれの作品のイメージを決定するほどの役割を果たしている。このことは「僕と俳句のかかわりは、季の無い俳句からの出発」(「短い歴史」一九七五年、『定住游学』所収)と語る、これまでの作者のイメージに即して言えば、意外にも見えることではないだろうか。かつて六林男は、自ら作句行為における季語などに対する姿勢として、当時のベトナム戦争におけるベトナム人の戦いにふれながら、次のように述べていたことがある。

(……)そこに在る人間の生活がどのように自然と密着しているかを知っている土着者の眼、ゲリラの眼が撰択し、要求するのと同質の、自然に向う視野の深化と専門化が俳句の世界にも要求されるのではないか。季にかかわる場合、特にそう思う。
自然に順応した肉体と精神。思考と方法に密着した自然の在り方の把握。季が有る俳句を書く場合がある時、僕はこのような過程をおいて、それをやりたいと思うし、やってもきた。その時、俳句の季題、季語、季感は僕の内部で上昇し、昇華する。

（「短い歴史」一九七五年、『定住游学』所収）

やや長い引用になってしまったが、要するに人間のリアルな生を通して見えてくる自然から季題、季語、季感を洗い直すことを通じて、そのつど〈季〉という概念を作句行為の中で構築しなおそうという主張である。そして、このような作句行為の実践として第三句集『第三突堤』所収の群作「吹田操車場」六十句、「大王岬」五十四句、そして第六句集『王国』所収の群作「王国」七十六句が書かれていた。

この鈴木六林男の群作という方法については、すでに若干論じたことがある（「情況と遠近」の章参照）ので割愛するけれども、石油化学コンビナートをモチーフに人間・機械・石油の関わりを描き出した群作「王国」七十六句の背景をめぐって六林男自身が興味深い発言をしている。「序章の第一句目を書いたのは昭和四十年で、仕上げたのは昭和四十九年であった。十年間の四季にかかわったことになる。しかし、発表するときには、冬の一日に統一した。都合のいいように季語を入れ換えた。私の季語情況論の実践としてそれを行った。」（「定住者の思考」一九七九年、『定住游学』所収）と。

いま、このような鈴木六林男の季語をめぐる所論を眺め返してみると、そのつど〈季〉という概念を作句行為の中で構築しなおそうとする姿勢と、その一方で季語をあくまで言葉として捉え、「都合のいいように入れ換える」ことが可能だとする彼の群作に応用された方法とに分岐しているように見えなくもない。これは、六林男の季語をめぐるダブルスタンダードなのだろうか。しかし、このような六林男の主張のあとに「季語とは、しばしば俳人が勘違いしているように、季節感を表すための言葉ではない。いうならば、いまだ何ものでもなく、そのつど新たに定義づけられようとして作者の前にある言葉だ。」（仁平勝「秋の暮論」一九九一年）という見解を引き寄せてみると、六林男のダブルスタンダードにも見える主張とは、彼の季語をめぐる方法の、いうならばメダルの表と裏であったことが、あらためて了解されるのではなかろうか。

すなわち、「自然に順応した肉体と精神。思考と方法に密着した自然の在り方の把握。」という六林男の思考過程も、「いまだ何ものでも」ない季語を、自らの作句行為において「そのつど新たに定義」しなおすための過程であり、六林男にとって季語とは俳句の中で「定義」づけられる言葉であったのだ。そのため季語とは、その作品構成によって「都合のいいように入れ換える」ことが可能な言葉であり、見方を変えれば、季題さえあれば都会美でも機械美であっても、どしどし詠うべき（高濱虚子『俳句読本』一九五一年）と語った主張にさえも接近しているように見える。しかし六林男においては、そのつど季語は作句行為の中で問いなおされ、新たに定義づけられることによって、〈季〉という制度性を、その内部から根底的に批判しようとする視座を潜ませていたことを見逃してはならないように思う。

これまで見てきた六林男による季語を活用した、ときに伝統的美学にも通底する耽美性をただよわせた作品世界。やはり、その背後にも、このような〈季〉と季語をめぐるラディカルな企みが同時に秘められていたのではなかろうか。

Ⅱ

暗闇の眼玉

一人の男が逃げつづける。荒涼とした雪山の中を、どこまでも走り、逃げつづけていく……。この場面はイエジー・スコリモフスキ監督の「エッセンシャル・キリング」（二〇一〇年）を象徴するシークエンスであるが、黙々と無言のまま走りつづけるテロリストと思しき男（ヴィンセント・ギャロ）の切迫した眼の表情を目にしたとき、ふいに鈴木六林男による次の一句を想い浮べた。

暗闇の眼玉濡さず泳ぐなり　『谷間の旗』

六林男の第二句集『谷間の旗』（一九五五年）に収められた代表句のひとつである。この〈眼玉〉のみがクローズアップされた特異な一句をめぐっては、これまで作者の戦場体験や戦後における社会情況を背景として、次のような読みが試みられてきた。

「この眼玉は、周囲の状況も方向も定かでない暗闇の中でも、自分を見失わず、何ものかを見定めようとして大きく見開かれた眼玉である」。さらに評者の川名大は、「敗戦後の政治的にも、文化的にも混乱した「暗闇」の社会状況の下で作られたが、何ものにも依存せず、自分を見失わずにそうした社会に向き合っていこうとする意志的な生き方がモチーフになっている。」（川名大『現代俳句　上』二〇〇一年）と続ける。たしかに、戦後という時代的・社会的文脈に則した説得力のある読解と思える。だが同時に、この一句に秘められた可能性は、このようなコンテクストをはみ出してしまう、どこか不穏なイメージを宿しているように感じるのだ。

それは、何よりも〈眼玉〉という原初的と言ってもよい生々しい身体性のクローズアップであり、加えて「暗闇の」という格助詞による、多義的な解釈を呼びこむ緊張感に満ちた「眼玉」のイメージの現前である。なぜ濡らさずに泳ぐのか、泳ぐのは一体何ものなのか、ついに「眼玉」の主体は明かされぬまま読者にゆだねられ、ただ生々しい「眼玉」の強度だけが残されるのだ。

ところで、〈眼玉〉とは、言うまでもなく人間の視覚を司る根本となる器官であるが、それ自体が俳句表現においてモチーフの中心となったことはあっただろうか。ここで六林男自身に限ってみれば、第一句集『荒天』（一九四九年）の中に次のような一句を認めることができる。

負傷者のしづかなる眼に夏の河

この一句をめぐって、かつて六林男自身から「何で、しづかなるなのか、解るか」と直接問われたことがある。筆者が逡巡していると、「もうすぐ死んでゆくことを、すでに本人も解っているからなんや」と六林男は語った。おそらく作者にとって〈眼玉〉というモチーフは、戦場という極限的な情況の中で出会ったものであるのかもしれない。たしかに六林男は、このような極限的な情況ゆえに、そのモチーフにひそむ動物的とも本能的とも呼べる本質を発見しえたのであろう。そして、更に人間存在をめぐる普遍性を帯びたもの自体として、〈眼玉〉というモチーフを戦後という時間の中に召喚したのではなかったのか。

冒頭に引用した映画「エッセンシャル・キリング」の中で、主人公の男は、その極限的な情況を生き抜くために蟻や木の幹を食べ、釣り人の魚を盗み、さらには授乳中の母親を襲い、その乳をむさぼり飲み、ただやみくもに逃げつづける。また監督自身、そのインタビューの中で最も好きな場面として、逃走する男が鹿によって目覚めるシーンを挙げ、「まるで両者が見つめあい同じ種族で同じ運命を分かちあうかのようにみえる」と語っている（夏目深雪「国境に向かう道」二〇一五年）ことも、ひときわ印象的である。

ところで「暗闇」の一句に戻れば、「何ものにも依存せず、自分を見失わず」、そして「意志的な生き方」というコンテクストの底流に、「エッセンシャル・キリング」の男のような人間存在にひそむ動物的とも呼べる生命の危機を孕んだ揺らぎが描き込まれているのではないのか。言いかえれば、安易なヒューマニズムの底板を踏み抜いてしまう、荒々しい動物的本能にまで接近してしまう情動と呼びうるものが、「暗闇の眼玉」というモチーフの可能性として秘められているのではないだろうか。

その後、六林男にとって〈眼玉〉というモチーフは、生前最後の句集となった『一九九九年九月』（一九九九年）に収められた、次のような奇態な相貌の一句となって現われている。

オイディプスの眼玉がここに煮こごれる

言うまでもなく「オイディプス」とは、ギリシャ悲劇に登場するテーバイ王の名前だ。神託の通りに実の母と交わり、その後に自らの罪悪感に苛まれ、己れの両眼を刺し、盲目となってテーバイから追放されてしまう王である。この作品の「オイディプスの眼玉」とは、作者自身の〈眼玉〉なのだろうか。それは、見てはならない禁忌さえ見てしまった〈眼玉〉なのか。それにしても、何故オイディプスなのか。この異貌の一句をめぐって疑問は尽きないが、「ここに煮こごれる」という結句には、六林男の晩年に及ぶ断念とも呼べるものが透けて見えはしないだろうか。

ともあれ、どこか知的にも見える句の構成とは裏腹に、ここには近代主義的なヒューマニズムの論理では括りきることのできない、原初的な〈眼玉〉の孕むラディカリズムが脈動している気がしてならない。

死後からの眼差し

鈴木六林男が亡くなる四ヶ月程前。最後となった「花曜」大阪総会の直後に電話で話したことがある。あまりに痩せ細った彼の体調に話が及ぶと、六林男自身から意外な言葉が呟かれたのだ。「生き過ぎた……」――。

その言葉は、かつて「俳句の中で立ったまま死にたい」と記した剛直な六林男のイメージを裏切るのに十分であった。彼の呟きを思い起こすたび、もしやするとわれわれは、これまで造られてきた六林男像に囚われすぎていたのではないかと考えることがある。それは彼を捉える場合に符牒のように語られる戦争体験を、余りに一般化しすぎてはいなかったかと言うことでもある。

永遠に孤りのごとし戦傷《きず》の痕　『雨の時代』

戦後四十年たっても、このような一句を書き記さざるをえない六林男にとって「戦後」とは、いかなる時間だったのか。「戦後」という時間を生きるとは、どのようなことだったのか。たしかに生活者としての生身の六林男は、「戦後」という時間を生き抜いてきた。しかし一方、誤解を恐れずに言えば表現者としての六林男は、まさに死者の眼をもって、言いかえれば〈死後〉として「戦後」を生きてきたのではなかったのか。

六林男の作品において、にわかに〈死後〉というキーワードを含んだものが頻出するのは、一九五七年から一九七〇年までの六〇二句を収めた第四句集『櫻島』（一九七五年）の後半部「愛についての」の章からである。

母の死後わが死後も夏娼婦立つ　『櫻島』
わが死後の乗換駅の潦
わが死後の改札口を出て散り行く

いずれの作品も此岸の日常風景を切り取りながら、そこに〈死後〉というキーワードを持ち込むことで、非日常の方へと句中の像を反転させようと試みられている。一句目、「娼婦立つ」という戦後風景の典型のひとつが描かれていることに、六林男の社会批評的とも言える視線を感じることもできよう。そして、「母の死後」という現実と思しき事象、「わが死後」という想像上の事象を並列することに、未来に対する危機意識の強度のようなものも看取できるかもしれない。

だが、二、三句目においては「わが死後」という措辞だけが選び取られ、さらに「乗換駅」や「改札口」といった鉄道と関連するものとの取合せの中で、此岸から彼岸への旅、あるいは黄泉への旅とも呼べるイメージが暗示的に投げ返されているのだ。

なかでも佳品として知られる二句目は、「の」の連なりにより句中の像は「潦」に絞られている。もとより「潦」とは、雨などが降ることで地上に溜ったり流れたりする水、あるいは水溜りの意であるが、季語ではないにも拘わらず日本的な風景や情緒、さらには死生観さえも強く感じさせる言葉である。ちなみに「潦」という言葉自体、古く万葉集の時代から枕詞となっており「流る」、「行方知らぬ」などに係るとされてきた。また「潦」は、その水面に辺りの風景を映し出す〈水鏡〉でもある。古来より〈水鏡〉には神秘的な性格が付与されてきたが、あるとき不意に地上に出現する「潦」も、そのバリエーションであり、此岸と彼岸、そしてエロスとタナトスを媒介する存在であるのだ。

そのことを踏まえるならば、この句中の作者の眼差しも、すでに此岸のものでは無いと言えるのではないか。「潦」という媒介的存在を通して、まさに〈死後〉から、こちら側を愛しく、そして懐しく眺め返しているのではないだろうか。

（……）もしも神の霊が水面を動いていたら、水はそれを映しだすはずだ、とぼくはいつも思っていた。そのためかぼくは水に対して、ある特別な感情を持っている。水の作り出す襞、しわ、さざなみに対して——それは、北国生まれのせいか——灰色に対して。ぼくはただ、水は時のイメージだと思っている。（……）

（ヨシフ・ブロツキー／金関寿夫訳『ヴェネツィア　水の迷宮の夢』一九九六年）

ロシアからの亡命詩人が水の都と呼ばれるヴェネツィアで見た夢も、エロスとタナトスの迷宮のような「時のイメージ」であった。彼もまた、すでに〈死後〉から水の都を懐しく眺め、言葉をつむいでいるようである。

月の出や死んだ者らと汽車を待つ　『櫻島』

同じく『櫻島』に収められた六林男の代表句のひとつである。「死んだ者ら」を作者の戦争体験に則して、若くして死んだ戦友たちと捉えることは順当な読み方と言えるだろう。だが、この一句には、そこにとどまらない大震災などの未来を含めた歴史的なさまざまな「死んだ者ら」の累積さえも、はからずも呼びこんでいることは無視できない。それは借景のように配された、上五の「月の出や」という措辞により暗示されている。なぜなら「月」という存在もまた、「潦」と同様に此岸と彼岸、エロスとタナトスを媒介する存在であるのだ。

この一句に溢れる死者と共に在るという、その懐しさの理由も、すでに〈死後〉からの眼差しによって眺められた光景ゆえなのだろう。

沈黙の痛み

とつぜんにして、それまで何処か不明瞭であった一句を了解させせられてしまうことがある。ただ単に霧が晴れる、ということだけではない。ある実在感を伴った生々しいリアリティが、ふいに訪れるのだ。

殺された者の視野から我等も消え　『櫻島』

鈴木六林男の第四句集『櫻島』（一九七五年）に収められた一句だ。はじめに出会ったとき、何故、このような散文的とも思弁的とも言わざるをえない作品が収められているのか訝しく思ったことがある。五七五の定形律を保ちながらも、季語はもちろん、俳句の定石である物らしきものが、ここには全く見あたらない。作者である六林男自身も、発表当時、俳壇からの否定的な言辞があったことを自らの評文のなかで書きとめている。

かつて原田杏子は『あざみ』十月号（三十八年）で、ぼくの〈殺された者の視野から我等も消え〉について「これを俳句として六林男氏が作ったものであるなら、滅んでゆくといわれている分野の俳句と一緒にぼくは死んだ方がましだと思う」と書き込んだ。思うだけで、まさか死ぬほどの考えと覚悟は出来ていないだろうが、まことに無邪気な、ツミもなさそうなこの人の言葉を読むまでもなく、同じ型式なるが故に、まさに現代俳句の俯瞰図は、原田発言も入れて天真爛漫、春風駘蕩と言うところである。（「リアリズム小感」一九六四年、『定住游学』所収）

この文章に続けて六林男は、「西東三鬼はかつて、俳壇で三人判ってくれるひとがあればいいと言った」という言葉を紹介しているが、作者である六林男自身も、それまでの俳句と呼ばれるものの規範をはみ出してしまった一句に対して、このような俳壇一般からの反発は、あらかじめ覚悟していたのかもしれない。

現在から眺め返せば、六林男自身の戦場での体験が、この一句の底流に潜在していることを認めるのは容易である。「殺された者」を作者が体験した戦場での敵と仮定すれば、そのような敵を殺すという行為は、同時に「我等」つまり自らの存在も「消え」去るのだ、という崇高とも呼びうる倫理性さえ帯びた認識である。だがここには、具体的な戦場などの描写は一切ない。むろん戦場を喚起する物も人間の姿も描かれてはいない。六林男は先に引用した文章の後半に、「俳句は省略の文学である。省略とは不要のものをすてることのみではなく、必要なものも削除することである。」と、この一句の成り立ちに呼応するような内容を記してもいる。

たしかに六林男の俳句表現におけるリアリズムという方法が、当時の社会性俳句と呼ばれた一群の素材主義へと傾く動向と一線を画そうとしたものであったことを理解しうる文章である。この一句が作者の戦場における体験から喚び出された究極的な現われと考えれば、たしかにそうかもしれない。だが、それまでの六林男の俳句作品と比較して、その水準において優れたものであるかと問われれば、私自身、躊躇せざるをえなかったことを、いま告白しなければならない。

しかし、あるとき、あることと遭遇するなかで、ふたたび六林男の一句が、まざまざと実在感を伴ったものとして、私の目の前に立ち現われてきたのだ。それは、二〇〇二年に熊本市現代美術館で開催された企画展「ATTITUDE 2002」に出品された抱き人形「太郎」の存在を知ったことである。

この「太郎」は、いわゆる美術作品と呼ばれるものではない。企画展のキュレーターを務めた南嶌宏が、熊本県内に残るハンセン病の療養所で長く人生を送ってきた一人の女性から借り受けたものである。この「太郎」との出会いと、そのときの驚きについて、南嶌は次のようにつづっている。

菊池恵楓園に遠藤さんを訪ね、「太郎」本人と出会ったとき、私は何よりもこの世のものとは思えないその「太郎」のかわいらしさと、母である遠藤さんの、ありのままの人間の美しさに衝撃を受けた。子を持つことを許されなかった彼女は、妊娠に気づいたとき、一瞬の間であったとしても、母である実感を喜びたいと、その兆候をひた隠しにしたのだという。もちろん、夫妻にとって我が子を持つことは叶わぬことであった。そして、ある日、二人はあたかもその視線がひとつに交わるように、店先に置かれたひとつの抱き人形に釘付けになる。そして、二人はその子を「太郎」と名づけ、その日以来、自分たちの子供として可愛がってきたのだ。お父さんが亡くなった後も、「太郎」はお母さんといつも一緒に喜びと悲しみを分かち合いながら三十数年、この菊池恵楓園の小さな我が家から世界を眺めつづけてきた。

そして「太郎」をめぐって、さらに南嶌は次のように記している。

「太郎」は遺品でも、標本でもない。だからこそ、私は「太郎」を、私が子供のころ大好きだったブランコに乗せてやりたいと思った。そして、美術館での五十日間を楽しんでもらいたいと思ったのだ。ここで「太郎」を抱き締め、ブランコに乗る「太郎」の背中を押すことのできる者はいったい誰か。無視する者は誰か。そして、再び「太郎」を殺す者は誰なのか。(……)

(南嶌宏『最後の場所』二〇一七年)

しかし、けっして誤解してはならない。ここで南嶌は、見る者に「太郎」を抱き締めることだけを求めているのではないのだ。ましてや、彼自身も記すように、ハンセン病をめぐる人権問題を質そうとしているのでもない。ただ美術館という公共の場に、この「太郎」という小さな存在を展示することで、私たちがいかなる態度を示しうるのか、そして一体何を語りえるのかを静かに問いかけているのである。

いわゆる世間と名告るものから存在を消されるように隔離され、「その闇の中で一瞬一瞬の生を辛うじて灯し続けてきた人々」（南嶌）。そのような人々の傍に、つねに寄り添うように共にあった「太郎」という存在と出会ったとき、私の中で六林男のあの一句が、たしかな手触りと衝迫力を伴って、ふたたび立ち現われてきたのである。そして、かつて、この一句に躊躇した自らの読みの浅薄さが、この一句の孕むアクチュアリティによって刺し貫かれたのだ。

殺された者の視野から我等も消え　『櫻島』

おそらく、この一句を六林男が書き記したとき、俳壇で評価される上手な俳句を書こうと思っていなかったのではないか。そのような評価など、どうでも良いと考えていたのではなかったのか。だが、そのことを作者である六林男自身に確かめることなど、すでにできることではないが……。

ただ、この一句が書かれた一九六〇年代は、日本が高度経済成長と名付けられた未曽有の欣快事に沸き立っていた時代であった。だが一方、戦後という時代の意味が風化し忘却されていくなかで、水俣病をはじめとする公害が顕在化し、そしてハンセン病患者の存在も世間の目から完全に遮断されてゆく過程でもあったのだ。

きっと「我等」が欣快事を享受する時代とは、そのような無数の「太郎」を殺すことの上に成り立ってきたのだ。だが、目を逸らしてはいけない。「太郎」を殺すということは、同時に「我等」自身の存在が消え去ることでもあったことから。戦場という極限的な体験を底に沈めた六林男の一句は、そのように私たちに語りかけているのではないのか。たとえ、それが誤読であったとしても、あの「太郎」の存在を知ってしまったいま、私はそのように六林男の一句を受けとめてみたいと思うのである。

この一句を収めた『櫻島』が刊行された翌年（一九七六年）、当時の「俳句研究」九月号において「鈴木六林男　特集」を組んだ高柳重信は、この一句に対する反発に呼応するような言葉を、その編集後記に書き記している。

（……）戦後俳句の大半が、いわゆる社会性俳句へ傾斜していったとき、鈴木六林男の俳句も、その中核の一つであったが、しかし、それを仔細に眺めるならば、人間探求派に由来する俳人たちとは、どこか違っていたように思われる。その後の彼等が、社会の風潮や俳壇の状況の変化に敏感な反応を示しつつ、早々と何かから卒業してゆくように、その主張を次々と変更し、かつ作家的な基本姿勢まで著しく変えてしまったのに較べると、一方の鈴木六林男が、絶えず何かに強くこだわりつづけて来たことは、その意味で極めて印象的と言わねばなるまい。ただし、現在の保守的な俳壇が、鈴木六林男の俳句を容易に承認せず、ときに故意に黙殺しようとするのも、同じ理由によるものであった。

ところで今日、あの東日本大震災後、高橋睦郎は自らが選考委員を務めた読売文学賞の選評において、俳句という詩型をめぐって「五七五なる窮極最短の定型が含み込まざるをえなかった沈黙の量」という印象的な言葉を寄せている。ならば、鈴木六林男にとっての俳句表現とは、その〈沈黙〉の痛みを生きることであり、自己と世界の間に〈沈黙〉の痛みによる橋を架けることではなかったのか。しばしば俳句を語るときに、六林男が記した愛という言葉は、そのようなものとしてあったのだろう。

何をしていた蛇が卵を呑み込むとき　『一九九九年九月』

見られることの異和

鈴木六林男の真の恐さは、平然と次のような言葉を書き記してしまうことだ。

俳句は省略の文学である。省略とは不要のものをすてることのみではなく、必要なものも削除することである。

（「リアリズム小感」一九六四年、『定住游学』所収）

たとえば、第五句集『國境』の中の次の一句。

寒鯉や見られてしまい発狂す　『國境』

だれに、見られているのか。だれが、見られてしまっているのか。一句の中には、何も示されていない。だが、『國境』の跋文において塚本邦雄が「不可解な魅力」と述べたように、そう容易に読み解けないにも拘わらず、いや、それゆえに、どこか硬質で妖しい美を、その一句は投げかけている。

おそらく、この一句において、「発狂」する主体が、作者と思しき人間とすることも、あるいは「寒鯉」それ自身とすることも可能となるように、差し当り読みの場は開かれている。もし前者のように読んだとき、そこには「寒鯉」の眼差しによって「発狂」する人間が、そして後者においては、人間の眼差しによって「発狂」という身振りをまとう「寒鯉」が立ち現われることになるであろう。

いずれの読みにおいても、そこには〈写生〉と呼ばれる近代俳句の方法との鋭い異和が、あらかじめ孕まれているのだ。〈写生〉という方法や態度においては、あくまで見る主体となるのは人間であった。さらに、人間が見ることによって、その対象が「発狂」するという過激なまでの変容は、ついになかったはずである。つまり〈写生〉においては、人間からの言わば特権的な眼差しによって、その方法的な立脚点は担保されていたのである。

しかし六林男は、「見られてしまい」の一語を、ひとつの解読不可能性を帯びた表記として句中に置くことによって、〈写生〉という方法の中に、その特権的な眼差しを切断する劇薬と呼ぶべきものを仕掛けたのではなかったのか。

ところで、この「見られてしまう」ということをめぐって、現代フランスの哲学者ジャック・デリダは、その晩年の講演録において興味深いエピソードを語っている。彼は風呂に入るとき、飼い猫に自分の裸を見られてしまい恥ずかしいと感じる。と同時に、猫に裸を見られて恥ずかしがる自分を、また恥ずかしいと思ってしまうのである。

そのまなざしは、好意的なのか無慈悲なのか、驚いているのか感謝しているのか不明である。（……）それはあたかも、私が、そのとき、猫の前で、裸のまま恥じているかのようなのだ。しかしまた、恥じていることを恥じているかのようでもある。（……）何が恥ずかしいのか、そして誰の前で恥ずかしいのか？獣のように裸なのが恥ずかしいのである。

さらにデリダは、自分の裸を見る動物という存在に対しても思考の触手を伸ばしてゆく。

（……）獣たちの固有のものとは、そしてそれらを人間から最終的に区別することとは、裸でありながら裸であることを知らないことである。（……）そうであるとすれば、それと知らずに裸である動物たちは、真実には、裸ではないことになるだろう。それらは裸であるがゆえに裸ではないことになるだろう。

（ジャック・デリダ／鵜飼哲訳『動物を追う、ゆえに私は（動物で）ある』二〇一四年）

このような執拗で難渋な問いかけの先に、ひとまずデリダは、絶対的な他者としての動物という考えを導き出すのである。もちろん、その背景には、西欧における「見ること」をめぐる特権性＝政治性に対する脱構築というテーマも潜在しているはずである。そして、そこには六林男の一句における「見られること」、つまり他者性をめぐる示唆さえも多分に含まれているのではないだろうか。

寒鯉や乳房の胸に手を入れて
夜遊びの細道のこり寒の鯉
寒鯉と月夜をあそび命減る
寒鯉や傷つきしまま首飾り
妙齢の影を離れず寒の鯉

『王国』

もとより「寒鯉」という季語は、寒中には水底にもぐって動かない鯉のことであるが、六林男の次の句集『王国』でも、あたかも連作のように数多く登場している。いずれも彼らしい、それまでの「寒鯉」の俳句とは異なる、徒ならぬ相貌をただよわせている作品である。そして、各々の句における「乳房」、「夜遊び」、「首飾り」、「妙齢」などの措辞からも明らかなように、秘められた女性的なるものとの喩的な関係をうかがうことが可能だ。この秘められた女性的なるものを、差し当りひとつの導きの糸として、その一句一句を読み解いていくことも、けっして難しいことではないはずである。

ところが、この秘められた女性的なるものに導かれ、それをキーイメージとすることによって、先に掲げた「発狂」の一句を読み切ろうとしても、ついに解読することの不可能性に突き当たってしまわざるをえないのだ。おそらく、それこそが「見られてしまい」の一語に宿る、絶対的な他者性と呼びうるものなのであろう。そして、この一句こそ、俳句という詩型が達成しうる、ひとつの極限であると同時に、謎と呼ぶしかない何かを現前させているのではないだろうか。

（……）切りすて、省略され、削除されたものに支えられた、残ったものの強靱さを知るものでなければ、この強靱さを追求しなければ、リアリズムは糞のつまった陥し穴におちこんで行くだろう。

（「リアリズム小感」一九六四年、『定住游学』所収）

冒頭に引用した六林男の一文の、その最後に記された言葉である。

動物たちのゲルニカ

東日本大震災後をめぐる様々な報道によって、私たち人間ばかりでなく、いや、それ以上に馬や牛、犬猫など家畜やペットたちも極めて苛酷な状況に晒されていることを知らされた。なかでも、原発事故によって被曝した福島県下の牧場をめぐる映像は、私にとって衝撃的なものである。原発事故による立入禁止区域内に置き去りにされ、やがて殺処分の命令が下される中での牧場主としての苦悩、そして、ただ死を待つだけの馬や牛たち。「こいつらには、何の罪もないのに……」という牧場主の悲痛な叫び。何かを悟りきったような馬の澄んだ眼の映像が、いつまでも脳裏から離れることはない。

かつてパブロ・ピカソが戦争への怒りを込めて描き上げた大作「ゲルニカ」（一九三七年）。その作品でピカソが死んだ兵士や子の屍を抱く女などと共に、画面の中央に瀕死の馬を描き込んだように、動物たちもまた戦争の犠牲者であることにかわりはないのだ。そして震災後に殺処分されていった多くの馬や牛たちも、原発禍というもうひとつの〈戦争〉による犠牲者と呼んでも、けっして過言ではないだろう。

鈴木六林男の間奏句集『傢賊』（一九八六年）には、「動物集」と名づけられた特異な作品群が収められている。漢字とカタカナ表記を多用した全二十句は、ひとつの群作と呼べるものだ。ちなみにモチーフとなった動物は、犀、豹、海驢、山羊、狐、りかおん、馬、亀、樹懶《なまけもの》、大猩猩《ごりら》、虎、狼、獅子、駱駝、錦蛇、縞馬、木菟、象、河馬、鰐である。

八月ノ犀ノ歳月動クナヨ
明日ノタメ水ノム豹ガ前肢折リ
めーめート青イ嵐ニ抗ウ山羊
駑馬ヲ描ク楳本《うめもと》某ノ前ニ出テ
大猩猩《ごりら》可愛イヤ芭蕉ノ中カラ甘蕉《ばなな》トリ
虎達ニ蝶蝶トナリマタ病葉
国会中コチラハ獅子ノ交尾中
縞馬ノ犢鼻褌《たふさぎ》盗ム月明リ
木菟ヤ耳ニハ槍ノ降リソソギ
象ガ鼻掛ケタルハカノ機関銃
河馬ノ尻ニ西日ト音楽〈戦争ですよ〉
鰐トナリ原子爆弾ノ日ノ少女

任意に十二句のみ抄出してみたが、一句目「八月」という措辞により日本人にとっての戦争に関わるイメージが、まず呼び出されている。しかし、いずれの句においてもピカソの「ゲルニカ」のような爆撃直後の絶望的な光景というより、どことなく不安に満ちた諧謔が立ちこめているようである。

前半の「山羊」、「駑馬」、「大猩猩《ごりら》」、「獅子」の句などは、かつて「俳句性とは通俗性だ」と喝破した六林男らしい痛烈とも言えるユーモアを感じさせる。なかでも七句目、「国会中」と「交尾中」という音韻による遊びから滲む皮肉めいたユーモアからは、六林男の不敵な哄笑さえ思い浮べてしまう。ところが後半の「木菟」と「槍」、「象」と「機関銃」、「河馬」と「〈戦争ですよ〉」、「鰐」と「原子爆弾」といった取り合わせになると、にわかに戦争をめぐる殺戮のイメージが顕在化してくるのだ。とりわけ十一句目、とぼけたような「河馬ノ尻」に掛けられる〈戦争ですよ〉の呼びかけは妙に生々しい。また十二句目「鰐トナリ」には、原子爆弾が投下された日、その苦しみから水を求めて川に投び込んだと伝えられる人々の光景が重ね合わせられているのだろうか。「鰐」という言葉からは、ケロイドを負って苦しみぬく少女の惨たらしいイメージさえ立ち上がってくるようだ。

（……）「彼は意識をはっきりもって絶えず自分にこう言いきかせねばならなかった。これは人間なんだぞ、と」。（……）

（ジョルジュ・バタイユ／酒井健訳『ヒロシマの人々の物語』二〇一五年）

ところが六林男の「動物集」では、ピカソのように直接的に戦争の悲惨を描こうとはしていない。むしろ、様々な動物をモチーフに、十七音という詰屈した定型に言葉を押し込めることによって、どこが静謐にも見える気配の中で戦争への不安を、その惨劇を描き出しているだけである。その表現は、メタフォリカルと言ってもよいだろう。だが、それゆえに、沈潜した恐怖や不安が静かに伝わってくることも確かなのだ。ピカソが人や動物のフォルムをデフォルメして描いたように、俳句という定型によって動物たちをデフォルメし造型しえた群作「動物集」——。

いわゆる代表作と呼ばれることのない、そのささやかな二十句の群作こそ、かつてリアルに戦場俳句を書き切った六林男にとっての、もうひとつの「ゲルニカ」であったのかもしれない。

いま私は、もし六林男が生きていたならば、震災後に殺処分されていった馬や牛たちを、どのように眺め、そして描き出したのかと考えている。はたして彼にとって動物という対象は、いかなる存在であったのだろうか。たとえば「馬」というモチーフに限っても、初期の『荒天』（一九四九年）から晩年に至るまで、多彩に変奏されながら作品に登場している。

生き残るのそりと跳びし馬の舌　『荒天』

夕暮の欲望へ馬濡れてたつ　『谷間の旗』

女去り馬立ち桜暗くなる　『櫻島』

雨の窓に湿つた手を振る馬のこと　『王国』

馬の日や人泣き馬の泪眼に　『雨の時代』

いずれの作品も六林男らしい野太く、どこかアイロニーに満ちた光景ではないだろうか。彼にとって、「馬」をはじめ動物は、人間を中心としたヒューマンな視線だけでは捉えきることのできない、さらに底知れぬ危機や不条理を形象化するための、かけがえのない存在であったのかもしれない。

ひとりの音楽へ

鈴木六林男の書く〈音楽〉は、どれも熱狂から隔てられている。

池涸れる深夜　音楽をどうぞ　『國境』
髪洗う敵のちかづく音楽して　『王国』
音楽のさかのぼりゆく天の川　『一九九九年九月』

いずれの俳句の中の〈音楽〉も、どのような種類の音楽であるのか、具体的に特定されることはない。ただ、音楽のもつ華やかさとも、癒しとも無縁な表情のまま、どこか冷えびえとしたイメージだけが立ち上がってくる。

一句目。八音の連なる不安定なリズムの中で、「音楽をどうぞ」という俗語調の誘いかけが、白々とした醒めた気配を伴って唐突に差し出される。おそらく「池涸れる深夜」とは、荒涼とした現実世界の形象化なのであろうか。だが、その世界に、「どうぞ」と無表情な身振りで差し出される〈音楽〉は、何らの慰撫も、癒しも保証するものではないはずだ。なお、この一句をめぐって塚本邦雄は「このメッセージは危いモメントで生きた。見事に人の心を捕へた。辛い辛い諷刺の隠し味も、マゾヒズムに陥らず、目に見えぬ忌はしい力を告発しようとしてゐる。」(『國境』跋文)と記している。

二句目。句中の「敵」の一語から、六林男の戦場での体験が影を落としている、と差し当り読むことは可能であろう。たとえば、森田智子は「六林男は、戦後、内地にあって道の角々がすっと曲がれなかったという。敵がひそんでいるという意識は、強く体に浸み込んでいる。髪を洗うという無防備な姿勢をとるとき、敵の意識はよみがえる。美しい旋律にさえ、不安感がつのってくる。」(『鑑賞現代俳句全集　第十一巻』一九八一年)と記している。六林男の体験を踏まえた鑑賞文なのだが、はたして、この句中の〈音楽〉は森田の記すような「美しい旋律」と呼べるものなのだろうか。この一句の表現内容だけを見れば、あえて〈音楽〉と表記しなくても「敵のちかづく音のして」でもよかったはずである。下五が六音となる字余りさえ犯して、ここで〈音楽〉としたのは、一体どうしてなのだろうか。

そのような私の疑問が、一瞬、ふっと溶けてゆくように感じたのは、日本を代表する現代音楽家のひとり、武満徹の次の言葉に出会ったときである。

世界には多くの異った音楽があり、その分布も複雑です。今日の西洋音楽の体系が定まったのは、わずか三百年くらいまえのことです。(……)人間が地上にあらわれた太古のときから音楽はあったに違いない。人類が心臓のビートをこの肉体にもつ限り音楽はあったわけです。

（……）

（武満徹「「音」と「言葉」」、『樹の鏡、草原の鏡』所収、一九七五年）

たとえば、音という音を全く遮断した無音室の中では、自分自身の心臓の音だけが聞えてくるという。武満の言葉を踏まえれば、人間の体とは「心臓のビート」を刻みつづける、つまり人体楽器と名づけてもよい存在なのだ。この一句を成すときに六林男が、あえて「音」ではなく〈音楽〉と表記したのには、そんなイメージが明らかに潜在していたのではないのか。そして、そのような「心臓のビート」を刻みつづける人体を持つ者同士が、ある状況の中で「敵」と名づけねばならないという空しさ、愚かしささえも、この一句の中に沈めようとしたのではなかったのか。

三句目。一見、「天の川」との対比により、まず審美的な表情を投げかけてくる作品である。だが〈音楽〉が、「さかのぼる」とは、どのようなことをイメージしているのだろうか。「さかのぼる」その先にあるのは、言うまでもなく天上の世界であろう。そのためか、この一句には死の気配と呼びうるものが濃厚にただよっている。もし〈音楽〉を、「心臓のビート」を刻む人体と考えれば、かつて〈音楽〉を刻んでいた者たちが、いま死者となって「さかのぼ」ってゆくと解釈することができよう。あるいは、作者の目にしてきた死者たち（戦死者を含めて）に対する鎮魂の〈音楽〉が、いま死者たちと共に「天の川」に象徴される清浄で淋しげな天上世界へと帰ってゆくと読むことも可能であろう。いずれにしても、ここで記されている〈音楽〉もまた、祝祭的な熱狂とは無縁な場所で奏でられ、一人ひとりの場所へと届けられるものではないだろうか。

ところで過日、テレビのドキュメンタリー番組で、音楽家の坂本龍一による「津波ピアノ」なるものを知った。彼は東日本大震災の被災地を訪ね歩いた際に、津波に流され壊れた一台のピアノと出会い、これを試弾。津波という自然の力で人工の調律から解き放たれたピアノの音が心に残り、彼はその音を自らのアルバムのレコーディングにも使用したのだ。さらに、そのピアノの鍵盤にセンサーを取り付けてコンピューターと接続し、地震波の動きを音に変換する楽器へと生まれ変わらせたという。

ある雑誌のインタビューで坂本は、次のような言葉を語っている。

(……)音が出る鍵盤もあれば、沈んでしまって戻ってこない鍵盤もある。泥は入ってるし、調律も狂っている。普通なら壊れた楽器ということで破棄されるのだけれど、僕は、この響きを聴いて、これは自然が調律したんだと。むしろ人間がする調律のほうに無理があるんじゃないかと。(……)

(「婦人画報」5月号、二〇一七年)

この自然が調律したという「津波ピアノ」の音を、ひと言で表わすことは難しい。不規則な音を奏でる、その強烈な印象は、これまでの現代音楽の不協和音ともフリーフォームのジャズの響きとも、決定的に異なっている。ただ、自然の律動と言うべき音が、けっして安定したものでも、やすらぎに満ちたものでもないことを突きつけてくるのだ。

おそらく坂本の「津波ピアノ」は、単なる励ましでも、慰撫でも、もちろん癒しを与えるものでもない。今日の時代の流れの中で、やがては遠のき風化する大震災の記憶を、たえず召喚しつづけるモニュメンタルな音の装置であり、そして、あの大震災の記憶の前に、聴く者を一人ひとりとして立たせるものなのであろう。

もしや私たちは、〈音楽〉について、どこか勘違いを犯していたのかもしれない。たしかに野外コンサートなどにおける聴衆たちの熱狂を目の当りにすると、それこそが音楽というものの力であり、ひとつの可能性のようなものを感じさせられてしまうことがある。しかし、その一方で、そのような集団的な熱狂をもたらす音楽が、これまでの歴史の危機的な局面において、ひとつの国家であれ、何らかの政治的な共同体であれ、あるイデオロギーに、ひとつの方向の中に一人ひとりを束ね、冷静な判断を停止させ、各々の倫理さえも踏み潰させるように導いてしまう道具となっていったことも事実なのである。

集団的な熱狂に背を向けること。祝祭の後の静けさに耳を澄ますこと。そして、ひとりだけの音楽の場所を求めつづけること。そのような孤独な身振りにこそ、六林男の書こうとした〈音楽〉の原形となるイメージがあったのではないだろうか。


（……）好き嫌いを語ることはそこにいかなる展開性はあろうとも保守的であり反動的である。

そうまで言わなくともそれは楽観主義的で気分的である。（……）本質的なものはいつも好き嫌いを超えたところに在った。それは選択を許さぬ情け容赦もないもの、ありのままのそのものとしてあった。（……）

（間章「ジャズの〝死滅〟へ向けて　最終稿」一九七八年）

王とは誰か

『I am a king』（一九七二年）という写真集の中に、深夜の石油コンビナートを写した一枚がある。漆黒に近いモノクロームの深い陰影。多重露出なのだろうか。球形や円筒形のタンクらしきものの像が重なり合い、それらを結ぶ夥しいパイプ状のものが見える。その間を水銀灯らしき光が明滅し、あたかも星のように白く飛んでいる。人影は、ない。しかし、夜の底で何ものかが蠢く気配だけは確かに感じる。

この作者は、東松照明。一九五〇年代より戦後日本の写真表現を牽引しつづけた写真家の一人だ。彼の写真は、「あくまでストレートに現実世界を描写しながらも、作品として提示していく時には、批評性を加えた象徴的な映像として再構築されている」（飯沢耕太郎）。そのことによって、見るもの一人ひとりの記憶に食い込むようにイメージが普遍性を帯びていると言う。たしかに石油コンビナートの一枚にしても、私たちの記憶に食い込むほど鮮烈な美しさが、そこには現前しているのだ。

ところで鈴木六林男も、写真表現には一方ならぬ関心を示していた。二十世紀を代表するドキュメントの写真家集団マグナムによる『IN OUR TIME』という写真集について、深夜まで電話で語り合ったことを思い出す。なかでも戦場カメラマンとして著名なロバート・キャパについては、お気に入りだったらしく、句集『雨の時代』（一九九四年）の中には、キャパをモチーフにした作品が収められている。

キャパ展の遺影のキャパよ日焼けして
地雷踏む直前のキャパ草いきれ
『雨の時代』

東松照明の一枚と出会ったとき、鈴木六林男にも石油コンビナートをモチーフとした群作「王国」があることを想い起こしたのは、「king」という語を含んだ相似的なタイトルと共に、写真をめぐる六林男との会話があったからかもしれない。

冬の日息をしているパイプの森
君はどこの油音たてて走る
油送車の犯されている哀しい形
司祭者よ走りつづける陽気な油
爆発の途中の油ここに待つ
油槽原女神の声の夜はする
『王国』

凍る夜の塩化眠らぬエチルやビニル
氷雨の夜こんなところに芳香族
恋愛の貪欲のパイプ濡れてくる

いま、「王国」（句集『王国』一九七八年所収）という象徴的なタイトルの群作を読み返して再認識されるのは、それらの作品の中で「油」たちが人間よりはるかに生きいきと躍動していることである。「息をしている」、「君は」、「犯されて」、「陽気な」、「待つ」、「女神の声」、「眠らぬ」と、あたかも擬人的に形象化された「油」たちは、ほとんど人影のない世界の主役となっているような印象だ。さらに「芳香族」と名づけられた彼らは、貪欲なまで恋愛（性愛）に耽り、子を生み、孫を生む。それは、まさに人間の営みのようでありながら、どこか不吉な聖性さえ帯びている。一方、それらと共に人間の姿が描き込まれた作品はあるものの、「油」たちの嬉々としたダイナミズムと比べたとき明らかに疲労感をただよわせている。

飯のあとすぐ立ち笑う油の中
冬日のタンクに影を印して一日過ぐ
雪の日の油に仕え疲れ去ぬ
計器に疲れ性器の彼等夜へ散る

このような「油」と「人間」の対比の中に、人間疎外というモチーフを読みとってしまうことは容易いだろう。たしかに六林男自身も、群作の冒頭部に「海であったところ——粗い国土の上に建設された石油化学コンビナート　そこには住民の干渉を拒否する聖域がある」という言葉を記している。だが、それだけなのだろうか。人間疎外という予定調和な図式の中で読み終えてしまって、はたして作品の可能性に迫りうるのだろうか。

ひとりの写真家によって捉えられた石油コンビナートの映像。それが何ものかの蠢く気配と鮮烈な美しさを湛えているように、「油」たちが主役となった六林男の群作にも、作者の意図さえも超えた何ものかの蠢く性的＝セクシャルと言ってもよい気配と聖性が、その「王国」に充満しているのではないだろうか。

二〇一五年の現代俳句全国大会において記念講演を行なった中沢新一によれば（現代俳句2月号、二〇一六年）、そもそもアニミズムとは、「物体とアニマ（魂）は別のもので、物体の中にアニマが入り込むことによって、生命をもって活動しはじめる」という二元論的な思考ではない、と断言する。本源的なアニミズムによれば、宇宙とはあまねく動くものであり、その「大いなる〈動くもの＝スピリット〉があって、それが立ち止まるところに存在があらわれ、（……）それぞれの存在者は生物も無生物も、もともと一体」であった、と語られている。

このような一元論としてのアニミズム的な思考を参照にしたとき、鈴木六林男の「王国」における「油」たちもまた、大いなる〈動くもの＝スピリット〉の一つの現われであるのだろう。まさしく「王国」における〈王〉とは、魂の現われとしての「油」たちであり、さらに「油」たちを現前せしめた大いなる〈動くもの＝スピリット〉そのものではなかったのか。

星雲となる群作

鈴木六林男が死の半年ほど前に発表した「近江」三十二句（俳句6月号、二〇〇四年）は、琵琶湖の大景に始まり自然や歴史、風俗に触れながら、自在に時空間を往還する俳句的な想像力に溢れた大作である。それは、「今日の六林男俳句の到達点、集大成であり」と宗田安正が指摘したように（「鈴木六林男管見」俳壇4月号、二〇〇五年）、さらなる未踏の俳句への可能性さえ予感させる作品群でもあった。

淡海また器をなせり鯉幟
笹舟のこれが竜骨湖開き
近江兄弟商会の蔵のあたりの鬼薊
比良八荒堅田湖族これに乗り
寺寺の山門寺門夏柳
花ユッカ湖のマタイ伝第五章

進水の小舟容れたり夏の湖
夏の湖赤い靴ぬぎ女の子
唐崎や夜間飛行の灯の霞み
夏は来ぬ戦傷《きず》の痛みの堅田にて
夜泳ぐ殿は穴太衆《あのうしゅう》の裔
琵琶湖ねて短き夜を浮御堂

冒頭、著名な「たっぷりと真水を抱きてしづもれる昏き器を近江と言へり」（河野裕子）を踏まえながら、六林男の俳句的な想像力は時空間を自在に飛ぶ。ひとつは、神出鬼没な「堅田湖族」から「山門寺門」（延暦寺と三井寺）の争い、そして「穴太衆《あのうしゅう》」へと連なる近江という土地をめぐる歴史的記憶へ。またひとつは、「近江兄弟商会」という米国と日本のクリスチャン兄弟が設立した製薬会社からガリラヤ湖、そして「マタイ伝第五章」へと連想を広げるキリスト教をめぐるモチーフへ。さらに、「赤い靴ぬぎ女の子」などポップとも呼べる現代風俗を挿みながら、「唐崎」を通して芭蕉への挨拶へ。そして「戦傷《きず》の痛みの堅田にて」という肉体的な痛覚のイメージによって、中世の「山門寺門」の争いや現代のパレスチナの紛争にまで呼応する歴史的な重層性を帯びるように仕組まれている。

このような六林男における〈群作〉という作品構成は、第三句集『第三突堤』（一九五七年）所収の「吹田操車場」六十句、「大王岬」五十四句をはじめ、第六句集『王国』（一九七八年）所収の「王国」七十六句、第八句集『悪靈』所収の「十三字と季語によるレクイエム」三十八句、そして「熊野集」七十二句に至るまで、彼の生涯にわたり試行しつづけてきた俳句的方法のひとつの水脈であった。

ところで俳句における〈連作〉という方法は、一九二八年に水原秋桜子によって発表された「筑波山縁起」五句が嚆矢とされる。これが短歌の連作方式を応用した、設計図式と呼ばれる〈連作〉の始まりだ。その一方、山口誓子はあらかじめ設計図を必要とする方法に対して、一句一句の作品の配列に主眼を置いたモンタージュ式を主張した。そのなかで誓子は、一句の独立性を重んじながらも、群としての「感情の流れ」を重視する考えをとり、それまでの俳句表現において不可能とされていた散文的な主題を打ち出すことを可能にしたのである。このような流れに沿えば、明らかに六林男の〈群作〉という方法はモンタージュ式を踏まえたものであることを了解することができよう。

しかし六林男は、なぜ〈連作〉ではなく〈群作〉と呼びつづけたのだろうか。たしかに彼の〈群作〉では、「感情の流れ」にとどまることなく、その時代と通底する社会的、さらには歴史的な主題が持ち込まれていることは見逃せない。六林男における〈群作〉という名付けには、戦後における自らの俳句的方法を開拓するために、戦前からの連作俳句を踏まえつつ、あえて袂を分かつという彼自身の矜持が込められていたのではないだろうか。

「吹田操車場」や「大王岬」、そして「王国」などの作品群は、それぞれが冬の季節に統一されており、作者の制作意図に従って都合のいいように季語は入れ換えられている。このように季語を自在に入れ換え、その作品群をより明確なイメージへと導くための装置として季語を活用する六林男の〈季語情況論〉と言われる方法論。それこそが有季定型という擬制の共同性を脱構築し、それら六林男の〈群作〉を作品内部からも保証するもののひとつであったことは確かである。

その一方、晩年に至るまでの六林男の〈群作〉を眺めたとき、その作品内部における構造の変化を見逃すことはできない。たとえば、初期の「吹田操車場」や「大王岬」の群作においては、一句一句の俳句が呼応しあい、そして止揚されることによって〈全体〉としての世界を産出している。中期の「王国」においても、「石油」と「人間」という二重の層が認められるものの、その基本となる構造は変わることはなかった。だが最晩年の「近江」に至って、一句一句の俳句における協約は流動化し、〈全体〉としての世界の出現は留保されたまま、固定的な物語を語ることは、ついにないのだ。

言いかえれば、「近江」という〈群作〉は、読者のレベルによって様々に読むことが可能なテキストとして開かれているのである。それまでの〈群作〉が〈全体〉として世界を描き出す、いわば静的な〈星座〉であるのに対し、「近江」は読者によって、たえず変動しつづける三次元の〈星雲〉と言ってもよいだろう。ここに至って六林男の〈群作〉という方法は、まさしく未踏の俳句への可能性を開くものであったことは確かだが、その試みは彼の死によって中断されたままになってしまった。

かつて写真家の東松照明は、「組写真から群写真へ」（一九七〇年、『アサヒカメラ教室　第3巻』所収）という一文の中で、「群写真は写真をマッスとして、星雲状の塊として提示した状態をいう。したがって、ストーリーをもたぬ群写真では、五Wも起承転結も問題とはならない。群写真は、名付けられる以前のさまざまな現実の対応物として、見るものの前に投げだされる。（……）」と、示唆的な言葉を記している。最晩年における六林男の〈群作〉もまた、東松照明が、その先に企んだマンダラのような多層性や多義性をあらかじめ含みこんだ〈星雲〉を目指したものであったのかもしれない。

家郷の原像

それは、いつまでも気にかかる言葉であった。

「このあたりに、わたしらの家があったんです。もう家はなくなったけれど、やっぱり家には帰りたい……。」東日本大震災で被災された陸前高田市の女性が、涙ぐみながらニュース番組のインタビューに答えていたときの言葉である。

この被災された女性は、ほとんど無意識であれ〈家〉という言葉を二つの意味合いで用いている。ひとつは見える建築物としての〈家〉であり、あとひとつは自分の記憶がつまった親密な場所としての見えない〈家〉である。おそらく人間にとって〈家〉を失うということは、けっして建築物としての住まいを失うばかりではない。それまで積み重なってきた記憶や生活習慣、さらに美的感性の反映に至るまで、そのときを境にして、ことごとく失ってしまうことなのだ。それは、自らの肉体の一部を奪い去られるに等しいということを、まざまざと実感させられる言葉であった。

一九九〇年代以降、家屋や建物などの廃材を用いて、人間にとっての場所や記憶、いわば所在なるものを問いつづけてきた現代美術家の土屋公雄は、すでに震災後の光景を予見させるような一連の作品を提示するなかで、「家は素材の寿命によって消滅するのではない。そこに住む人間との関係が絶えるときに、あっという間に朽ち落ちる……」（南嶌宏『豚と福音』一九九七年）という、あの被災された女性への遥かな応答のような言葉を語っている。

裏口に冬田のつゞく遊び人　『國境』

寝ているや家を出てゆく春の道　『王国』

いずれも一九七〇年代に作られた鈴木六林男の俳句である。これらの作品には、明らかに〈家〉というモチーフが抱え込まれてはいるものの、その〈家〉をめぐる、たとえば形状や素材、広さや意匠などの具体的なイメージは、ほとんど描かれてはいない。しかし、ここを手掛りに、六林男の〈家〉という場所に対する感情や生活をめぐる思想を読み取ることはできないものだろうか。

たとえば一句目、下五に置かれた作者の自画像とも呼ぶべき「遊び人」。このような人格を育み、許容し、ときに戒める場所としての〈家〉が、「裏口に冬田のつゞく」という措辞によって、おおらかな奥行きと広がりの中で冷えびえと立ち上がってはこないだろうか。また二句目では、まず「寝ているや」の措辞によって、ふだん慌しく立ち働いている肉体を、ゆっくり横たえ充足を覚えている光景が提示される。この「寝ている」場所こそが、六林男にとっての文字通り我が家であり、彼の生活の基盤とも呼びうる場所なのであろう。この〈家〉から、あらゆるものが始まるのであり、そして出てゆくのだろうか。自らの肉体はもちろん、思考することも、創作する行為も、さらに「春の道」さえも――。

このように六林男の俳句を読んでゆくと、彼の作品に表象された〈家〉とは、単に住まいとしての〈家〉であることを超えて、自らの記憶や生活習慣はもとより、まさしく安息という言葉がふさわしい場所であり、自らを育む拠点と呼ぶべき存在であったことが浮かびあがってくる。このような場所こそ、六林男が自らの表現思想を語る際にしばしば口にする、愛という言葉が生まれるトポスと考えてもよいのかもしれない。

(……)家は外化された人間の記憶であり、そこには自然と共存する方法、生きるためのリズム、さらにさまざまな美的な感性の基準となるべきものにいたるまで記入された書物であった。
(多木浩二『生きられた家』一九八四年)

ところで、六林男には、自らが九歳まで過ごした生家について、実にこまやかに記された美しいエッセイが残されている。それは、ときにポレミークな響きさえ帯びた発言や文章によって戦後俳句の闘将と目された六林男と、まさに対照をなす情感あふれる記述である。長くなるが、その一部を引用したい。

一人の俳人である僕の、生い立ちの田舎の家は、聚落から西へ一キロの村はずれにあった。そこは、和泉山脈のはやま（端山）神於《こうの》山の裾で、小高い山の上であった。山全体が屋敷で、石垣や断崖にかこまれていた。西は白原・水間を経て紀州へ、東は河内から遠く吉野に通じる道に面していた。道路に沿った高い石垣の上には、かなり年を経た槙の垣根があって、これが四季の移りかわりによって色どりの変わる周囲の植物にかかわりなく、常に濃緑の葉を密集させていた。石垣のところどころには、崩れをふせぐために竹の筒が差し込んであって、そこからは一年中、水が滴っていた。夏には、ここを通る人が顎を濡らしながら、水を飲んでいるのをよく見かけた。冬は長短の氷柱が幾条もたれさがった。

たとえば、夕闇が迫る山からの小道を下りてきたとき、はじめて眼にした一軒の家、その屋根のシルエットが、それから漏れる灯りが、どれほど気持ちを安堵させてくれたことだろう。そんなイメージさえ、どこか彷彿とさせてくれる印象の一文である。さらに後半でつづられる、ほとんど外出しがちだった父を母と弟と一緒に迎えに行ったときの描写も、とりわけ忘れがたいものである。

父の帰りを、何故か母と弟の三人で、夕方の村までおりて迎えに行ったことがある。母は弟を背負うていた。日が暮れてから村へ行くことは、めったになかったので珍らしかった。村には電灯がついて明かるかった。電灯と言うものは、明かるいものだと感心した。僕の家は、村から一キロ以上も離れた山上の一軒家であったから、電灯をひいてくれなかった。照明はすべてランプであった。いまになって、あの頃の山の家の、合わせれば二百畳はあろうと考えられる部屋部屋や廊下のところどころに置かれた大小さまざまな形をしたランプの輝やきを、なつかしく回想することが出来る。（……）帰ってくる父の姿を見つけたのは母であった。彼は道の真ン中をこちらに向かって歩いていた。牛滝街道を背にして、彼はゆっくりと歩いていた。父と僕らとの距離が縮まるにつれ、夜目に黒く浮かびあがった父の体は大きな男に見えた。その時、僕は、あそこに確かに父が居ると思った。

（鈴木六林男「わが来し方」一九七六年、『定住游学』所収）

感受性ゆたかな幼年期の想い出。それが俳句を含めて詩を書く者にとって、どれほど、かけがえのない原体験と呼びうる特権的な時間であったかを、この六林男の一文は明らかにしてくれている。九歳になるまでの彼にとって、この生家とその周辺の風景や、そこで体験したことは、その後も、たえず自らが回帰すべき神話的と呼べる記憶の場所であり、彼は何度もその場所に立ち返り自らの存在を確かめ、ときには生きてゆく勇気のようなものさえ与えつづけられてきたのではなかったのか。

記憶は過去を探知するための用具ではなく、その現場なのである。（……）

（ヴァルター・ベンヤミン／小寺昭次郎編訳「ベルリン年代記」一九七一年）

考えてみれば、先に掲げた涅槃のイメージを彷彿とさせる「寝ているや」という、どこか無防備に見える身振りこそ、そんな記憶の場所にふさわしいものである。このような「寝ている」という身振りを含んだ六林男の俳句に通底するものは、そんな無防備な振るまいを許容してくれる安息という言葉がふさわしい〈家〉であり、自らの精神を育みつづける母胎のような世界のイメージであり、それは、つねに彼の背後で確かな手ざわりを感じさせるものであった。

二人して何もつくらず昼寝覚

『雨の時代』

きっと、そうなのだ。ここは、「何もつくらら」なくてもよい場所なのだ。たとえば愛と呼びうるものが、充足してさえすればよいのではなかったのか。

どんな古く醜い家でも、人が住むかぎり不思議な鼓動は失わないものである。（……）家はただの構築物ではなく、生きられる空間であり、生きられる時間である。（……）家が住み手である私の経験に同化し、私がそれに合わせて変化し、その相互作用に家は息をつきはじめ、まるで存在の一部のようになりはじめるのである。

（多木浩二『生きられた家』一九八四年）

しかし、あの大震災後の今日でも、いまだ「寝ているや」と、ゆったりとした充足のなかで呟くことのできない二万人を超える人々がいるのだ。そのことを、終生にわたり愛という言葉にこだわりつづけてきた六林男が、もし生きていたならば、どのように見たのだろうか。

Ⅲ

道化と戦争

戦場俳句再考

1.

鈴木六林男は、生涯にわたり〈戦争〉という主題にこだわりつづけてきた。なかでも第一句集『荒天』（一九四九年）に収められた「海のない地図」と題された章には、〈戦争〉に関わる六林男の原体験と呼ぶにふさわしい光景が展開している。

負傷者のしづかなる眼に夏の河　　　　『荒天』
遺品あり岩波文庫「阿部一族」
をかしいから笑ふよ風の歩兵達
射たれたりおれに見られておれの骨

かつて神田秀夫より、「地獄から這い上ってきた」と評されたこれらの俳句は、当時の検閲から逃れるために「自分の頭の中にかくす」（「自作ノート」一九七七年）ことで、戦場から持ち帰るとのできた作品群である。

六林男の戦場俳句は、〈戦争〉という極限的な状況にあって、なお人間として生きている限り、その理由や根拠を求めざるをえない孤独感の表出であり、作者の孤立した自意識が招きよせた光景であろう。その孤立した自意識が、戦闘と戦闘の間に沼のように広がる日常のシーンを選び取らせ、戦闘よりも一層深い〈戦争〉の底無しの不条理を描き出したのだ。

また一方で六林男は、ことあるごとに自らの戦場体験を語りつづけてきた。あるとき、関西出身の或る詩人から「六林男さんの戦争の話は、むちゃくちゃやな。おもろいけど……」と言われたことを覚えている。たしかに「むちゃくちゃ」な話ばかりであり、どこか笑ってしまわなければ聞けないような想像を絶するような体験談ばかりであった。

（……）いっしょに行軍していて自分の脇を歩いていた奴が、急に倒れる。撃たれて死ぬ。その戦友の腕を、遺品がわりに切り取って、腰に吊るして歩く。しばらく行くと、さらに次の奴が倒れる。その腕も切り取って、もう片方の腰に吊るす。それが歩くたびに、ピシャンピシャンと当たる。前を行く奴の方を見ると、両の腰に吊るされた腕がブランブラン揺れている。（……）「吊るされた腕がなあ、おいで、おいで、って言ってるみたいなんや。まいってまうわ（笑）」（……）

こんな話を前にしたとき、われわれは一体、どのように対応すればいいのだろう。「想像を絶する」という言葉があるが、このような光景こそ、まさしく想像を絶するものだ。はじめに言葉を失ない、やがて話者である六林男の「まいってまうわ（笑）」に連られて、われわれもまた笑ってしまうほかないのだ。

だが戦争体験者の多くが口を閉ざしていくなかで、なにゆえに六林男は執拗なまでに語りつづけたのか。それは誰彼に伝えることのできる自慢話でも、輝かしい勲章でも、決してなかったはずである。

正直に言って命はおしく、積極的な反戦行為に出る勇気は勿論なく、殺戮、略奪の戦争ルールの渦中にあって疲労困憊の憂鬱な毎日であった。（……）この戦場の中に僕もいたことは、僕は弱く、自信も勇気もなかった証拠である。これ以外に理由はない。

（鈴木六林男「人間について」一九七四年、『定住游学』所収）

日本でも二〇一三年に公開された伊西合作の映画「ある愛へと続く旅」（セルジオ・カステリット監督）。ボスニア紛争を背景に、ある男女の出会い、別れ、そして子供をめぐる凄絶な真実が明かされるストーリーの中で、この映画の狂言回しとも呼ぶべき登場人物の一人、自称詩人の与太者が次のように語っていたことを思い出す。

「この戦争を語ることができるのは、コメディアンだけだ。バスターキートンのような……」。

きっと、そうなのだ。六林男自身が、われわれに想像を絶するような戦場体験を語ろうとするとき、彼は一人の与太者であり、コメディアンとなっていたのではないのか。そのときの六林男の立っている場所は、まさに〈道化〉と呼ぶべきものになっていたと言えるのではないだろうか。

しかし六林男にとっての〈道化〉とは、われわれがしばしば誤解してしまう戦場体験というものの特権化などでは、けっしてない。その特権化ということを許してしまう場所から、たえず落ちこぼれてしまうこと、むしろ身を投げ出すような振るまいとしてあったのではなかったのか。おそらく後年、六林男が自嘲さえ込めて記した〈余計者〉という己れの形容も、ほとんど〈道化〉と同じような意味合いを帯びていたはずである。

いわゆる〈道化〉とは、王（権力者）に従いながらも、唯一人その権威を笑うことのできる者であり、そして澱んだ空気を活性化させうる者であった。そんな〈道化〉の笑いは、やがて王の権力へと回収されてしまう必敗と言うべき悲劇性も同時に孕んではいるものの、そこから様々な芸能（文芸も含めて）と呼ばれるものが発生したことも紛れもない事実である。

六林男に則して言えば、〈戦争〉という巨大な暴力に対して、「弱く、自信も勇気もなかった」と語りながらも、かろうじて〈道化〉という場所に立つことによって、俳句を書きつづけること、さらに戦場体験を語りつづけることができたのではなかったか。それゆえに軍隊からの「逃亡」という行為を、自らの俳句の中に書きとどめながらも、ついに彼自身は「逃亡」を選ぶことはなかったのだろう。

ねて見るは逃亡ありし天の川
秋深みひとりふたりと逃亡す
『荒天』

シェイクスピアは、喜劇『お気に召すまま』のなかで厭世家の貴族ジェイクイズに「私に斑《まだら》の服を着させてください。心のうちを語る自由を与えてください。」と語らせている。この白・黒いずれとも簡単に判別しがたい「斑《まだら》の服」こそ、〈道化〉にとって真実を自由に語るための、まさしく象徴であり、武器だったのだ。

2.

あの東日本大震災後、しばらくして鈴木六林男の俳句作品を読み返すと、それまで気づかなかった名付けがたい異様さが、まざまざと立ち上がってくるのを感じた。それは、次のような作品においてである。

かなしければ壕は深く深く掘る
『荒天』
泥濘をゆき泥濘に立ち咲ふ
遺品あり岩波文庫「阿部一族」

倦怠や戦場に鳴く無慮の蠅
をかしいから笑ふよ風の歩兵達
砲いんいん口あけてねる歩兵達
水あれば飲み敵あれば射ち戦死せり
射たれたりおれに見られておれの骨

いずれも、第一句集『荒天』（一九四九年）の「海のない地図」の章に収められた戦場俳句である。一句目、何故「かなし」いのか理由は記されず、ただ「深く深く掘る」という行為だけが投げ出されている。二句目、くり返される「泥濘」が、ひたすら空しい。三句目、六林男の代表句のひとつ。戦死後、ただ残された「遺品」だけがクローズアップされている。四句目、戦場という日常において主役となるのは、すでに人間ではなく「蠅」たちなのか。

そして五句目、「をかしいから笑ふ」という当り前のことが、当り前ではない情況に対するアイロニーか。カリカチュアなのか。六句目、「口をあけてねる」のは砲音から鼓膜を守るためだと、六林男自身から聞いたことがある。どこか呆けたような可笑しさのあとに、言いようのない哀しみがただよう。七句目、「水あれば」、「敵あれば」と人間としての能動性と呼べるものは悉く奪われ、その先に「戦死」がふいに訪れる。さらに八句目、「射たれ」むき出しとなった「おれの骨」を見る「おれ」という存在も、すでに放心寸前なまでに受身な固物と化しているようである。

これらの作品に通底する基調音をひと言で表わすならば、何ものかに強いられた〈受動性〉ということになろうか。おそらく極限的な喪失の情況に置かれるとは、このように人間として本来そなえているはずの生への能動性を悉く奪われてしまうことではないだろうか。

もちろん六林男の場合、この「何ものか」とは、人間としての日常を奪われた戦場という苛烈な情況であったことは言うまでもない。だが、そのような「何ものか」とは、現在であっても世界中に遍在しているのではないか。あの東日本大震災のような自然災害であっても（また、それに伴う原発禍も）、さらに今もなお世界中に残りつづける収容所と名付けられた忌しい場所にしても、人間としての生への能動性を悉く奪い取ってしまうものとして存在しつづけている。

たとえば、この「何ものか」に強いられた〈受動性〉という異様さに注目すれば、東日本大震災後に数多く読み継がれたドイツ系詩人のパウル・ツェランの詩篇の中にも明らかに共通するモチーフが認められる。次に掲げるのは、ツェラン自身も体験したナチによる強制収容所を、戦後になって再訪した際に記された「追奏《ストレッタ》」という作品。その冒頭の一節である。

まぎれもない痕跡を残す
構内へ
送りこまれて
きれぎれに書かれた草。草の茎を映す

白い石
もう読むな――見よ！
もう見るな――行け！

（パウル・ツェラン／飯吉光夫訳「追奏《ストレッタ》」より）

フーガの急迫部を意味する「追奏《ストレッタ》」というタイトルと共振するように、作中主体の切迫した情動が、その異様なリズム、句点、改行となって伝わってくる。そこには、自ら積極的に関わるといった姿勢を感じることはできない。「もう読むな――見よ！／もう見るな――行け！」と詩の中で命じている者は、ツェランに憑依した夥しい死者たちの声ではないのか。

東日本大震災後の南三陸を、この詩篇を携えて訪ねた中里勇太は、次のように記す。

（……）収容所の痕跡へ眼差しを向け、構内を歩くツェラン。構内に彼の存在を求める者はいなかった。彼は誰にも呼びかけられず、死者が横たわるあいだを歩いていた。逡巡し、立ち止まった彼が目を瞑ると、親しみと拒絶に満ちた死者からの呼びかけが聞こえてくる。

（中里勇太「記録文学論④『パウル・ツェラン詩文集』」二〇一二年）

戦後しばらくして、六林男は次のような俳句作品を記している。はからずもツェランと六林男は、無言の死者たちを共有する同じような詩的と呼べる場所＝トポスへと歩みを進めていたことが知らされるのである。

月の出や死んだ者らと汽車を待つ　『櫻島』

3.

しかし、その一方で戦場俳句である「海のない地図」をめぐっては、「日常をリアルに見ようとする眼よりも、日常を越えて言語空間を構築しようとする意志の方が強く感じられる。」（坪内稔典「句集『荒天』と鈴木六林男」一九八〇年）という言説があることもたしかだ。その文中で坪内は、倉橋健一による次のような一文に賛意を示しながら、六林男のある系列の作品の根にあるロマンティックな心情を指摘している。

（……）苛烈な戦争の状況下で、六林男氏は鉛筆をなめなめ、作品行為の時間を生き抜いたのである。そのとき作品行為をささえるおびただしい日常時間が、作品へよみがえりえたのである。疲れきった体で、作品を書きとめたあと、睡りこけた戦友のかたわらに背筋をのばしたときの、ひそかな充溢とはどんなものであろうか。（……）

（倉橋健一「蠟燭の忍耐『荒天』ノート」一九七八年）

たしかに「海のない地図」には、前の章で掲げた生への能動性が悉く奪われた印象の戦場俳句と共に、次のような戦場でありながらも抒情的とも呼びうることが可能な作品も並んでいる。

長短の兵の痩身秋風裡
追撃兵向日葵の影を越えたふれ
流弾がぷすりと棉の花月夜
ねて見るは逃亡ありし天の川
大陸に別るる雪の喇叭鳴り
交る蜥蜴弾道天に咲き匂ふ
月明の別辞短し寝て応ふ
死角出て大夕焼に消えにけり

一句目、誰もが痩せ細った兵士たち。ただ秋風が、彼らを包む。二句目、「向日葵の影を越えたふれ」という描写が、リアルな死の光景を超えた叙景美さえ喚起する。三句目、「流弾」のもつ怖さよりも、「棉の花月夜」の幻想的とも言える美しさが印象的。四句目、軍隊からの「逃亡」を書きとめながら、どこか切迫感とは無縁な「天の川」が広がる。五句目、たとえ死者との別れであっても、「雪の喇叭鳴り」が切なく抒情的だ。六句目、エロスとタナトスの対比か。「咲き匂ふ」という把握が鮮烈な印象を与える。七句目、ささやかな戦場での「別辞」、その背景にも「月明」が配されている。八句目、おそらく「死角」を出た者は戻ることがなかった。だが、どこか映画のラストシーンのようなヒロイックな情景さえ感じさせはしないだろうか。

このような一連の作品に通底するものを、坪内にならってロマン性とも、あるいはヒロイックな青春性とも呼ぶことができるだろう。これまでの六林男の一般的な評価に付きまといつづける紋切型のリアリズムだけでは、けっして捉え切れるものではない。

だが、これらの作品を書き写しながら気付かされるのは、いずれも季語を含んでいることだ。前の章で取り上げた作品のほとんどが無季であったことと、見事なほど対照的である。おそらく作者は、このように戦場という「日常を越えて言語空間を構築しようとする」（坪内）ときに、あえて季語を（たとえ無意識であれ）選び取っていたのではなかったのか。はからずも季語のもつ虚構性とも呼びうるモメントが、六林男の戦場俳句におけるロマン性を支え、その作品の詩的水位を保証しえたのである。

ともあれ「海のない地図」という戦場俳句において、ひとつの言語的達成を示した六林男であるが、彼にとって、〈戦争〉とはいかなる存在であったのだろうか。誤解を怖れずに言えば、青年期の六林男にとっての〈戦争〉とは、彼の言語空間を育むための揺籃であり、さらに強力な磁場であったのではなかろうか。それは敗戦直後、坂口安吾によって書かれた次の一文と、ほとんど背中合わせの地点にある。

私は兵隊がきらいであった。戦争させられるからではなしに、無理強いに命令されるからだ。私は命令されることが何より嫌いだ。そして命令されない限り、最も大きな生命の危険に自ら身を横たえてみることの好奇心にひどく魅力を覚えていた。(……)

(「わが戦争に対処せる工夫の数々」一九四七年、『坂口安吾全集5』所収)

安吾のアイロニーに満ちた語り口には、安易なヒューマニズムも反戦思想も入り込む余地がない。ほぼ同時代に「エロティシズムとは、死に至るまで生を称えることなのだ。」と記したジョルジュ・バタイユとの危うい接点さえも想起させる言葉だ。ここで安吾が「好奇心」と呼んだものこそ、人間が〈戦争〉を欲望する、その根源的な暗い情動に根ざしたものではないのか。おそらく六林男の戦場俳句における言語的達成も、そのような根源的な情動と決して無縁ではなかったはずである。

これまで六林男の「海のない地図」は、戦場という苛烈な情況を把えた記録文学として、ともすれば狭義のリアリズムにのみ偏って評価されがちであった。だが、再々読していくたびに、そこにはパウル・ツェランの詩篇にも通じる〈受動性〉、さらにはロマン性や青春性などが錯綜した詩的言語の層を成していることに気付かされる。極限的な情況を生き抜き、ただ自らの言葉だけを信じつづけた六林男の軌跡は、今日もなお、未知なる読者の前に不穏な遺書のように開かれている。

鉛筆と肉体

短夜を書きつづけ今どこにいる　『雨の時代』

一九九四年刊行の句集『雨の時代』に収められた鈴木六林男の一句。ここには、それまでに至る作者の自画像と呼びうるイメージが鮮やかに刻印されているようだ。

短い夏の夜、机に向かって何ものかを書きつづけている六林男。ふと気がつくと、自分は何に向かって書いているのか、そして自分は何処に向かっているのか。そんな不安の入り混じった漠然とした思いに囚われている作者の像が、読者にストレートに投げ出されている。

ここで「書きつづけ」ている対象が、句中では俳句とも散文とも明瞭ではない。だが、それは、やはり俳句ではないのか。なぜならば、終生にわたり六林男は俳句を〈詠む〉とは言わず、俳句を〈書く〉と主張してきたからだ。文学一般から見れば、俳句を〈詠む〉でも、俳句を〈書く〉でも、それほどの差違があるとは思われないだろう。わたし自身も俳句の世界に足を踏み入れるまでは、〈詠む〉と〈書く〉の差違など、さほど気にすることはなかった。だが、そこには隠然とした差違が横たわっていたのだ。このような事情について、四方田犬彦は『詩の約束』（二〇一八年）の中で、俳句から短歌、そして詩へ、演劇へ、映画へと多彩なジャンルを駆けぬけつづけた寺山修司を取り上げ、俳句の根底に潜む日本的な無意識について、次のように指摘している。

（……）俳句の世界では作品は誕生するときによく「なった」という表現をもちいる。あたかも柿やバナナが生《な》るように、一句がいかなる人為もなく、自然の摂理によって誕生するという意味合いがここには感じられる。日本の俳句は欧米の詩と違い、意識的な構築とは無縁に、日本的風土の調和のなかで、無意識的な形で成立する。そういったイデオロギー的な思い込みが、この表現の背後には横たわっている。（……）

（「剽窃する」二〇一六年、『詩の約束』所収）

この文章に続けて、寺山自身の「一句を作るのにさえデスクに原稿用紙を拡げないと気がすまない」という言葉を紹介しているが、まさに鈴木六林男における俳句を〈書く〉という身振りもそのようなものであった。もちろん、それは寺山と同様「日本における俳句的「自然」に対する方法的挑戦」（四方田）でもある。だが六林男において〈書く〉という行為が明確に意識されたのは、寺山のような近代性や個人の文学意識に還元されるだけではなく、かつての戦場という極限的な限界体験が何らかの契機となって作用していたのではなかったか。

墓標かなし青鉛筆をなめて書く　　『荒天』

六林男の第一句集『荒天』（一九四九年）に収められた戦場俳句「海のない地図」の章。その終盤、「帰還」の前書きの直前に、この一句は置かれている。この「青鉛筆」は、戦死者の墓碑銘を記すものなのか。いや、それだけではあるまい。むしろ、それは厳しい検閲から逃れるように、自らの俳句を「頭の中にかくしてきた」六林男の〈書く〉ための「青鉛筆」であったはずだ。なお本章には、「新戦場寒き鉛筆を尖らする」という句などもある。

このような六林男の戦場俳句は、くり返しになるが、戦場という極限的な状況にあって、なお人間として生きつづけている限り、その理由や根拠を求めざるをえない孤独感の表出であり、作者の孤立した自意識が招きよせた光景と呼ぶべきものが描き出されている。換言すれば、極限的な戦場という不条理に直面しながらも、そのことを見据え日常化するために六林男の〈書く〉という行為はあった。おそらく〈書く〉たびに、六林男は救われていたのだ。それゆえ、〈書く〉ことの脆弱さを知りつつも、なおも六林男は〈書き〉つづけたのだろう。

この六林男の〈書く〉という行為を、早くから六林男俳句の主軸をなすものと注目しつづけてきた宗田安正は、戦場俳句以後も射程に収め、次のように指摘する。

（……）あの有名な戦場俳句は、書くことの記録性とリアリズムによる不条理（非日常・体験）

の超克（日常化・経験化）であった。敗戦の混乱から主体性を取り戻すと〈書く〉行為も積極化し、大作「吹田操作場」「大王岬」「王国」へと進み、「時間（季節）と人間の相克」「自然と人間の融和」、石油コンビナートの「人間、機械、石油のかかわり」を書くに至るのは、社会状況の進展からごく自然な展開だった。その後も移りゆく時代と共に歩み、その状況（自然と社会）の中に身を置いて人間の生きかたと内面にこだわってゆく。いわゆる六林男の〈書く〉である。（……）

（宗田安正「鈴木六林男の俳句」花曜終刊号、二〇〇五年）

この宗田の指摘において見落としてはならないのは、六林男の俳句を〈書く〉という行為の根底には、たえず「その状況（自然と社会）の中に身を置」きつづける、己れの肉体が横たわっていたことだ。予て〈書く〉＝エクリチュールとは、尖筆によって銅板の上に版画のように刻みこまれた〈傷〉なのだと、くり返し語ったのはジャック・デリダであったが、六林男にとっての〈書く〉という身振りもまた、己れの〈肉体〉に刻みこまれた〈傷〉を確かめ、たえず呼び戻すことではなかったか。

永遠に孤りのごとし戦傷《きず》の痕　『雨の時代』

戦後四十年を経てもなお、このような俳句を書かざるをえなかった六林男は、ついに〈傷〉が癒えること自体を拒否しつづけたように見える。もちろん彼自身の〈肉体〉には、フィリピンの戦地で受けた砲弾片が終生にわたり残りつづけていたが、そのことと俳句表現とは別次元のことであろう。それでもなお六林男の〈書く〉とは、「傷を治癒するためではなく、(……)絶えず現在であるものの具体的な痛みをかきたてつづけるため」(松浦寿輝「不在の傷の現前」、『スローモーション』一九八七年)にこそ、あったように思えてならない。

ところで、六林男の〈書く〉という行為の根底にある〈肉体〉それ自体については、あまり直截には記されていない。だが、わずかに「「俳句性」にかかわる雑記」(一九七〇年、『定住游学』所収)と題された短いエッセイには、六林男の〈肉体〉に対する眼差しを感じさせる箇所がある。ところが、このテキスト自体が、どこか論理の飛躍の目立つ奇妙な印象の文章なのだ。「「俳句性」にかかわる」と題されていながらも、その大半が一九七〇年に開催された大阪万博に対する所感と、それに触発されて創作した俳句作品の紹介が文章のほとんどを占めている。なかでも、本題となった「俳句性」については、このテキストの終盤近くで次のように述べるにとどめている。

(……)「俳句性」とは通俗性である。(……)通俗性とは限界性に通じるものであろう。通俗性、限界性と、さらに換言すれば、そこから詩の普遍性が出てくる筈だ。そこで、詩における普遍性を獲得する方法は一つしかない。書くことしかないのである。(……)

さらに、最後には次のように締めくくられている。

俳句性、それは在る。在るべきものの上に新しき方法を、あらねばならぬものを追加すること。それは書くこと以外になかろう。（……）

（鈴木六林男「「俳句性」にかかわる雑記」一九七〇年、『定住游学』所収）

六林男にとって「俳句性」とは、「十七音字」でも「季語や季題」でもなく、〈書く〉ことでしか現前しえない何かだと、くり返し語っている。これは「俳句性」の定義づけとは言えまい。この同義反復《トートロジー》とも呼べる六林男の語り口から見えてくるのは、どこか「俳句性」という本質論を迂回しようとする身振りである。

たしかに、「写生について」、「リアリズム」（『定住游学』所収）など、俳句本質論に関わる文章を六林男は記しているものの、それは自らが俳句を〈書く〉ための方法論であり、俳句とは何かと問う本質論ではない。いま差しあたり言えることは、あくまで六林男は俳句を〈書く〉ためにこそ問いつづけたのであり、俳句本質論というものに潜む陥穽に実作者として気がついていたのではないだろうか。もしやすると後年、高山れおなが記したような、「そもそも俳句本質論など不可能ではないかと疑っているからだし、不可能ではないにしても有害だ」（「本質論、ではなく」、澤八十二号、二〇〇七年）とさえ、あるいは思っていたのかもしれない。

ともあれ、ここでのテーマである〈肉体〉に戻れば、まず六林男は万博について「その入口から、もうこの世のものではない、言語道断の異質の世界であった。（……）この世の終りを見とどけに来たのでは決してなかった筈であるのに、異様な光景に遭遇した瞬間、僕は未来や調和どころか、終りを感じた。」と記す。一九七〇年当時、「人類の進歩と調和」を掲げた万博に対して、ややもすると観念的になりがちな文明批評ではなく、その場に六林男は自らの〈肉体〉を置くことによって感受しようとする。そして、突如として自らの〈肉体〉に起こる甘美な苦痛のような変調、つまり戦後の流行歌「上海帰りのリル」を思わず口ずさんでいる自身に気づく。

（……）突如として、まことに唐突として脳裏に浮かびあがってきた「上海帰りのリル」は、（……）想っていたこととあまりにもかけはなれた乱雑なバンパクの環境からきた発作的な、換言すれば詩の世界に直通する（むしろしなければならない）、詩の本質に迫る批評精神の喚起であり、存在に対する反応であるわけであった。

その後、六林男はごった返した万博会場で一ヶ所だけ観ることのできたアフリカのウガンダ館。そこで出会った、キチンとした服装で黙々と木の壺を彫りつづける一人の黒人青年に眼差しを向けている。

（……）他国のパピリオンのように、巨大でもなければ、広大でもなく、さらに豪華さもなく、ただ彼の祖国を背後にした、この一黒人青年が、この館に入って来た者のみに印象づける、人間が肉体をもって為す業（わざ）である木の壺を彫りつづける作業は、今後、このバンパクの会期の間は朝から夜にかけて、熄むことなく何ヶ月ものあいだ毎日毎日つづけられるに違いなかろう、と僕には想われた。（……）

（鈴木六林男「「俳句性」にかかわる雑記」）

ごった返す万博会場において、まるで己れを宥めるかのように「上海帰りのリル」を口ずさむ六林男の〈肉体〉と、朝から夜まで熄むことなく木の壺を彫りつづける黒人青年の〈肉体〉。この二つの〈肉体〉は、六林男の中で共振し、ときに共鳴しながら、「人類の進歩と調和」を掲げる万博会場において、あたかも生きたまま異物となっているようだ。そもそも〈肉体〉とは、精神を優位とする近代的人間観から疎外されたはずの存在であり、また反近代性を帯びた辺境とも呼べる場所と言えよう。近代化を謳歌する万博という場において、このような〈肉体〉の地点にまで六林男は撤退、あるいは下降することにより、「人類の進歩と調和」と自らの〈書く〉ことを、何とか拮抗させようとしていたのだろうか。六林男は「千里の丘」と題した俳句五句を、新聞紙上に発表している。

遠国の大小の靴風の塔へ

〈進歩と調和〉の朝から汗流しおる

鼓笛なし大声老婆に応える老婆

『櫻島』

炎える広場遠く来て退屈な父ら
祭の丘異国幼女の産毛澄む

いずれの俳句においても、きわめて低い視点から「進歩と調和」に対してアイロニカルな眼差しが注がれている。ここにはパピリオンの描写も祝祭ムードも、ない。なかでも二句目、〈進歩と調和〉と「汗」との対比、三句目の「鼓笛なし」にしてしまう滑稽な大声の「老婆」たち、そして四句目の「退屈な父ら」など、万博に訪れた庶民たちの振るまいに沿って描写されている。おそらく、彼らこそ「ひとりひとりの具体的な実存であり、自らの情念の真実に生き、現存する世界のイデオロギーとしての知の支配をうけない人々」（多木浩二「知の頽廃」、プロヴォーク1、一九六八年）の原像であるのだろうか。

だが一方で、これらの俳句には、あの甘美な幻聴のような「上海帰りのリル」も、木の壺を彫る黒人青年の姿も描かれていない。そのような〈肉体〉を締め出すことによって、これらの俳句が成立しているようにさえ見えてしまうのだ。かつて六林男が、「省略とは不要のものをすてることのみではなく、必要なものも削除する」（「リアリズム小感」一九六四年、『定住游学』所収）と記した表現上の実践であるのだろうか。今となってはこれらの〈肉体〉というモチーフが、もし具体的に反映されていたならば、どのような作品群として成立したのか夢想するだけであるのだが……。

また、一九七〇年万博の当時、中学生であったわたしの記憶を辿れば、何とも強烈な印象の出来事がある。それはパフォーマンスと称して、万博会場で全裸となった何人ものアーティストたちがいたことだ。つまり、「物質主義の祭典である万博へ、国家プロジェクトとしてみんなが向かっていったときに、その足もとをすくうかのように、何でもない一つの肉体を提示することによって、人間の関心をこの肉体」へと引き戻した者たちの存在である（南嶌宏「戦後美術における「人間」と「物質」」、『最後の場所』二〇一七年）。万博において六林男が意識せざるをえなかった〈肉体〉の存在も、どこか見えがたい地下茎のように、このような反芸術とも称された〈肉体〉と共振するものさえあったのではなかろうか。

ひと筋の傷のようなる初明り　『五七四句』（未刊句集）

「俳句αあるふぁ」二〇〇四年一二月・二〇〇五年一月合併号「去年今年」に発表された、最晩年の一句。だが、新年の「初明り」を目にすることなく、二〇〇四年十二月十二日に六林男は逝ってしまった。まさに逝去直前であっても、「ひと筋の傷」と書かざるをえないことは、文字通り傷ましい。

だが、われわれはこのような六林男の〈傷〉を、しっかりと見届けたうえで、この地点から立ち去るべきなのかもしれない。この六林男の〈傷〉を、生前に彼が好んで口にしていた〈愛〉と言い換えることによって——。

叛意の笑い

詩人・金時鐘の自伝『朝鮮と日本を生きる』（二〇一五年）には、日本による侵略統治下の「国民学校」の綴り方の時間に俳句を作らされたときの情景を記した一節がある。やや長くなるが引用してみたい。

（……）春さきのある午後、教室の中央に持ち出された教卓に水仙の花が一輪、つる首のガラス花びんに挿してあって、それを囲んで皆して俳句をひねらされました。私などは「春いちばんはやくも切られし水仙花」などと、はずかしげもなくまねごとの句でしたり顔でしたが、父や姉、兄を肺結核で亡くしている金宗玉《キムジョンオク》君だけは、つくねんと坐ったままでした。その彼が先生にせっつかれて詠んだ句が、「水仙花押し込むたびに水あがる」でした。期せずしてクラスの皆が吹きだしましたが、ふざけるなときつく先生に叱られていた彼が今もって忘れられません。金君だけが花の置かれている状態をよく見て取って悲しんでいたような気さえするのです。（……）

おそらく、今なら断言できよう。「水仙花押し込むたびに水あがる」の一句は、教師の内部に根付いている抒情の規範をはみ出そうとしているのだ。多くの生徒たちが教師の規範に適うように、水仙の花を詠もうとしているのに対し、金宗玉という少年だけは水仙が挿してある花びんの水の在りようを、ただ見つめている。そのことは、俳句を通じて朝鮮の人々に〈日本人〉となるための美意識や情緒を教導しようとする者にとって、何か許しがたいものだったことを、いま十分、想像できる。

そして私は、この金時鐘の一文と出会ったとき、ふいに鈴木六林男による次の一句を思いおこした。

満開のふれてつめたき桜の木　　『惡靈』

雪月花と呼ばれ日本的な美意識の象徴とされる「桜」を対象としているにも拘わらず、六林男は「桜」の花それ自体を詠もうとはしていない。すでに花は「満開」であるのに、六林男のまなざしは、ひえびえとした「桜の木」の方に注がれ、その感触を描き出している。それは、悲しげな金時鐘のクラスメイトの眼差しと、限りなく近いものではなかろうか。

戦場という極限的な情況にあって、俳句という極小の詩型を自らの杖とした六林男にとっては、日本的な美意識をなぞったり、その情感にもたれることが俳句を書くことではなかった。むしろ、そのような日本的な美意識の底板を踏みぬくことで、皆が「吹きだし」、また「ふざけるな」と叱られることにこそ、彼の表現者としてのある種の絶望に似た覚悟があったように、今から振り返ると思われてならない。

そのような表現者としての覚悟を、六林男固有の叛意と呼ぶこともできよう。たしかに彼の代表作のひとつには、「天上も淋しからんに燕子花」のように典雅な美意識さえ感じさせる有季定型の作品も存在する。だが、生涯にわたる六林男の俳句作品をめぐる営為を眺めると、このような典雅とも審美的とも呼べる作品が在る一方で、同じ作者が書いたとは到底思えないような読む者が「吹きだし」、そして「ふざけるな」と呆れ返るような苦々しい笑いに満ちた挑発的な一群が、間歇泉のように噴き出していることも確かなのだ。

僕ですか死因調査解剖機関監察医
傷口です右や左の旦那さま
『谷間の旗』

いずれも第二句集『谷間の旗』(一九五五年)所収。一句目、まず漢字十一文字に及ぶ異様な職名に驚かされる。上五の「僕ですか」には、おそらく作者の軍隊での体験も投影されているのだろうか。また一方、敗戦後の渡辺白泉の著名な作にも、「玉音を理解せし者前に出よ」がある。この白泉の作品では、軍隊の上官の立場に擬することで冷笑的なアイロニーを漂わせているが、六林男においては一兵卒の立場を擬しながら、どこか惚けているようにも感じられるのだ。森田智子によれば、この作品はモデルとなった六林男の「いとこのY」という者が実在したとされるが（『鑑賞現代俳句全集　第十一巻』一九八一年）、そのような事実を突き抜けて、戦後という時代に対する批評性と呼ぶべきものを手に入れている。それは、何よりも「一個の人間としてではなく、職業や役割で判断される戦後民主主義社会の戯画化」（齋藤愼爾『鈴木六林男句集』「解説」二〇〇二年）である。そして「死因調査」というイメージの底には、敗戦後、グロテスクな死体と化した日本の〈国体〉なるものへのアイロニーさえも漂わせているのではないだろうか。

二句目もまた、戦後日本社会へのアイロニーが込められている。この一句の作中主体としては、まず戦争で失明したり、手足を失った傷痍軍人のイメージが浮かびあがる。そう言えば、私の幼い頃まで東京でも駅の地下道や上野公園などで、アコーディオンを弾いて軍歌を奏でながら物乞いする白衣の傷痍軍人を目にすることがあった。いっしょだった祖母などは、一人ひとりに「御国のために、ごくろうさまでした」と声をかけ、彼らに出会うたび小銭を差し出していたことを覚えている。この一句に記された「傷口」とは、そんな傷痍軍人のものだけではない。自分の「傷口」のように小銭を差し出してしまう祖母をはじめ、否応なく戦争を体験させられた一人ひとりの生活感情に刻まれた「傷口」であり、敗戦国となった日本という国の「傷口」ではないのか。戦後風景の通俗的なイメージを駆使しながらも、読む者が「吹きだし」、そして「ふざけるな」と呆れ返る俳句表現の中に、二重にも三重にも、六林男ならではの叛意としての笑いとアイロニーの毒が仕掛けられている。

＊

ところで六林男は、晩年に至るまで一貫して〈戦争〉にこだわり、それをモチーフとした俳句作品を書きつづけてきた。そのような彼の作品のなかにも、卑俗とも言える笑いとアイロニーの毒を潜ませた異色作がある。第八句集『悪霊』（一九八五年）所収の「日本隠語集」と名づけられた十五句が、それだ。

一本の樹に越年の狙撃兵
参謀の一月一日**白首**も
デルタより吹雪けり全滅の中隊
哨兵に二日過ぎゆく**鼠鳴き**
切り花や弾道見えずとも匂う
虎落笛占領地区の夜を**おどる**
皹の手に手榴弾**筆あらい**
戦死者の**和印**遺す年端月

『悪霊』

※ゴチック体は隠語

いま八句のみ抄出したが、どの隠語も性や犯罪をめぐるものが選ばれている。ここでは隠語各々の意味には立ち入らないが、三句目の「**デルタ**」などは解りやすい方だろうか。「女性の恥丘」

をあらわす隠語が「全滅の中隊」と取り合わせられることで、従来の戦争俳句からはみ出すような強烈なアイロニーに満ちた哄笑を響かせている。八句目の「和印」とは「春画」のことであるが、彼の代表作「遺品あり岩波文庫「阿部一族」」と共通した情景を描きながらも、さらに生々しく切ないイメージが立ち上がってくるようだ。おそらく多くの戦死者にとって、「岩波文庫」よりも「和印」の方が日常的な欲望として在ったのではなかったか。隠語という卑俗な言葉を通じて、現実の戦場を体験した者だけが持ちうる非情でリアルなまなざしを感じさせる一句だ。

一方、五句目は六林男の盟友でもあった三橋敏雄による戦火想望俳句として名高い「戦争」、その中の一句「射ち来たる弾道見えずとも低し」（一九三八年初出）の擬きであり、パロディであろうか。当時、山口誓子にも激賞された敏雄の一句が、見事なまでに戦場という無機的な情況を活写しているのに対して、六林男は上五に「切り花」という性的な隠語を置く。「切り花」とは「半日の娼妓の花代」のことであるが、下五の「匂う」の措辞と相俟って男女の性行為のシーンを暗示させるような一句に転じてしまっている。おそらく、さすがの敏雄も、この一句の前で「吹きだし」、苦笑いするしかなかったのではなかろうか。

このように〈戦争〉をモチーフとしながら、その一句の中に卑俗な笑いとアイロニーを響かせる六林男の作品行為は、第十句集『雨の時代』や次の『一九九九年九月』に至って、どこか無防備にも見える手法の中で、読む者が「吹きだし」、そして「ふざけるな」と呆れ返るような捨て身の俳句表現を見せることになる。

八月は原子爆弾を売りにゆく
日永人戦争が好き芭蕉すき
先達に『好戦句集』山笑う
いちど広島にど長崎さんど桜田門あたり
月月火水木金金敗戦日

『雨の時代』

『一九九九年九月』

これらの作品には、とり立てて作者独自のテクニックと呼ぶべきものは見えがたい。どれも一読して、各々の意味としては読み取ることができる。だが同時に、その卑俗とも言える表現の中に、呆れ返る読み手自身を突き刺すような毒が仕掛けられていることは見逃せない。一句目、一体だれが、どこに「売りにゆく」のか。二句目、「戦争」と並記した「芭蕉」への悪態。三句目、「先達」への冷笑。四句目、「さんど桜田門あたり」の過激さ。また五句目、思い返せば「敗戦日」まで土日などなかったのだ。どの句にあっても、笑うに笑えないような痛烈なアイロニーの毒が塗り込められている。

かつて六林男は、「「俳句性」とは通俗性である」と喝破したが、このような作品行為の延長上に、次のような平明な中にアイロニカルな奥行きを感じさせる晩年の達成もあったのではないだろうか。

溶けながら考えている雪達磨
視つめられ二十世紀の腐りゆく

『一九九九年九月』

虚無の美学　有季俳句再考

鈴木六林男という存在を考えるとき、彼は或るひとつの悲劇を演じてしまったのではないかという思いを打ち消すことができない。べつに「悲劇」と言っても、戦時中の苛酷な従軍に晒されたということでも、ましてや戦後の俳壇から不当に遇されてきたということを指しているのでもない。言うならば「文学とは資質の悲劇を演ずる場所だ」（北川透）という意味においてだ。たとえば、次のような作品を前にしたとき、われわれは鈴木六林男という作家の基底と呼びうるものと、ついに、すれ違ったままなのかもしれないと感じさせられる。

牡丹雪地に近づきて迅く落つ　『荒天』
蝶が来る月下の坂をはるかより
降る雪が月光に会う海の上　『第三突堤』
白昼や水中も秋深くなる　『櫻島』
夕月やわが紅梅のありどころ

天上も淋しからんに燕子花　『國境』
千の手の一つを真似る月明り　『王国』

これらの作品は、先行する「海のない地図」などの戦場俳句、そして戦後の社会性俳句の代表的な作家と呼ばれることの多い鈴木六林男の作品と明らかに異った審美的な表情を湛えている。

たとえば、すでに六林男の代表句となった六句目をめぐって塚本邦雄は「燕子花をことさらに六林男の代表句の一つとして鍾愛することには異見も多多あらう。私自身すらひそかに逡巡するものがある。そしてこの句を選ぶのもその違和感のために他ならぬ。」（『百句燦燦』一九七四年）と記し、一方で高柳重信は「この一句をしみじみ眺めながら、僕は久しぶりに或る逢着感に浸りきっている嬉しさを、十分に味わったのである。それは、一見、僕の手で書きとめても似合いそうな感じを持っており、なんとも懐かしいものに出会ったような気がする。」（『鈴木六林男全句集』「月報」一九七八年）と句意に踏み込まぬまま、どこか韜晦的に語り終えている。

かつて、わたしも六林男の「燕子花」と「暗闇の眼玉濡さず泳ぐなり」の句との対比の中で、「この両者の作品の間に横たわるイメージの隔たり、あるいは径庭こそが六林男の作品世界のスケールと全体像を読み解く鍵であるにも拘わらず、それは同時に安易な解釈や理解を許そうとしない重層性となっている」（「耽美と鎮魂」二〇〇八年、初出）と述べたものの、その時点では語り尽くせない何ものかが痼のようにあることを感じ続けてきた。

あえて、そのことを換言すれば、これまでの六林男をめぐる言説の多くは、このような審美的な有季俳句をスタンダードではない、言わば〈特異〉な作品として位置づけることで語られてきたのではないかということだ。つまり、それらの作品を〈特異〉とすることで、鈴木六林男という存在を、戦場俳句の、そして社会性俳句の作家という俳句史的な位置に固定し流通させることによって、どこか彼の作家的資質、さらに六林男俳句の基底と呼びうるものを、ついに取りこぼしてきたのではなかったのかという疑問である。

ここで目指すものは、これら審美性を湛えた俳句を〈特異〉な作品として語り終えてしまうのではなく、むしろ六林男の作家的資質を表象する取り替えようのないひとつとして位置づけ直すための、ささやかな試みである。

いま作家的資質という言葉を用いたが、このことをめぐっては、かつて北川透が『中野重治』（一九八一年）の冒頭で極めて示唆にあふれる見解を述べている。

（……）文学や芸術の領域で、この資質という考えを欠かすことができないのはなぜだろうか。それはおそらく、資質こそが、作家の個体性あるいは固有の経験の形成に、深くかかわっているからである。（……）自己資質を裏切るようなことをすれば、それは文学者としての自殺行為だということは誰もが知っていようが、それにもかかわらず、そのような危機に直面しないでいては、表現を発展させることはできない。いかなる資質といえども、時代的な表現の共同性が強いる関係から、無縁でいることはむずかしいし、危機に直面するとは、その関係を意識化することだからだ。それに資質を知るといっても、自分自身にとっては対象化しきれない。（……）

このような北川の言説を六林男に引きつけて考えれば、「そのような危機」を、「時代的な表現の共同性」というものを、戦場俳句や社会性俳句と六林男との関係の中に見定めてみることは容易であろう。だが同時に、そのことは六林男にとって、「表現を発展させる」ひとつの契機であったという二重の意味を帯びていたことも、また紛れもない事実であるのだが……。

＊

ここでは、三句目に掲げた「降る雪」の句を取り上げてみたい。この一句をめぐり何よりも看過できないのは、このような審美的な作品が、六林男における社会性俳句の代表的な群作と言われる「大王岬」五十四句の中に置かれていることである。もうひとつの著名な群作「吹田操車場」と共に第三句集『第三突堤』（一九五七年）に収められているが、ここでは一句の前後十句余りを抄出してみたい。

枕頭に波と紺足袋漁夫眠る

砕ける濤音夜干しの藷に雪ちらつく

崖の戸の冬海へすぐ飛び出す灯
崖に棲み冬越す沖を満燭船
洩れ灯の暖色「海モ寝タカ」と幼声
降る雪が月光に会う海の上
寒い波音糧の甘藷を夜も晒す
倶《とも》に女声夜の海に泛き崖いそぐ
荒れる海崖にとどまり洩れ灯の箭
眼覚めてすぐへせめぐ寒潮朝の仕事
為すこと多き身の白息を崖に吐き

六林男自身によれば、この群作「大王岬」では「自然と人間の調和の在り様を書こうとした。内なる自然としての性欲や食欲の対極にある造化への接近であった。荒い海浜の自然に対して、人間がどのように順応して生活を成りたたせているか。それを、それこそ自然な状態で把握しようと試みた。ここにも吹操と同じように自然は充分で、ありあまっていた。」（「定住者の思考」一九七九年、『定住游学』所収）と記している。なかでも「自然は充分で、ありあまっていた」という六林男独特の表現は、今日から見返したとき、いわゆる社会性俳句の枠組みをはみ出してしまう可能性さえ示唆されているような言葉である。

ともあれ、これら抄出句を眺めると、「大王岬」という土地、その自然と関わりの深い漁夫という土着の生活者の視点を踏まえて構成されていることが確認できる。そして、その中に突如として現われる「降る雪」の句の視点は、けっして土着の生活者のものとは言えない。この「降る雪」の句意は、一見鮮明であり、限りなく美しいものだ。降りしきる雪たちが、月光を浴びながら刻々と海面へと消えてゆく光景は、まさに幻想的とも呼べるイメージを伴って形象化されている。だが同時に気づかされるのは、そのような光景は写生的に捉えられた現実の世界ではなく、ときに通俗への傾きを孕みつつも、あくまで言葉によって形づくられた純粋にイマジネールな景色であることだ。この「降る雪」一句が、土着の生活者からの視点とは明らかに異なった位相にあることで、群作「大王岬」が多層性を呼びこみ、より立体的な奥行きのある作品群へと仕立てられていることは確かである。

ところで、これまでの「大王岬」の鑑賞や解釈をみると、「枕頭に波と紺足袋……」のような土着の生活者の視点による、いわゆる社会性俳句の積み重ねの上に「降る雪」の一句がもたらされたという言説を、しばしば目にすることがある。しかし六林男の作家的な資質に則して考えれば、事態は逆なのではないのか。むしろ「降る雪」一句こそが、六林男の作家的な基底にある審美性を表象するものとしてあり、いわゆる社会性俳句的な一群が、「時代的な表現の共同性が強いる関係」によって招きよせられたと考えることはできないだろうか。たとえば、かつて極限的な情況の中で作られた戦場俳句においても、その代表句となった「遺品あり岩波文庫「阿部一族」」

をはじめ、季語を含んだ「月明の別辞短し寝て応ふ」、「流弾がぷすりと棉の花月夜」など抒情的とも呼びうる一群が、六林男の青春性やロマン性を表象するものとして、その基底において六林男の言語的達成を保証しえたことを見逃すことはできないからだ。

審美的な選択は常に個人的なものであり、審美的な体験は常に私的な体験です。(……)人類学的な意味において人間は倫理的な存在である前に、まず審美的な存在です。それゆえ芸術、特に文学は、種の発展の副産物どころか、その正反対なのです。(……)

(ヨシフ・ブロツキイ/沼野充義訳『私人』一九九六年)

「降る雪」の一句は、いわゆる社会性俳句の中に解消されるものでは、決してない。では、その主題と呼びうるものは、何であるのか。「降る雪が月光に会う」という一瞬が、そのまま無情の死=永遠の静けさへと連なる、言わば虚無の中の美。そのとき死は、あの戦場以上に近くにあるはずである。つまり、この一句の主題とは、永遠=死と一瞬=生の邂逅であり、〈永遠の今〉とも呼ぶべき古くて新しい詩的主題が召喚されているのだ。(星野太「俳句をめぐる四つの命題」五七五2号、二〇一九年参照)

そして、いま〈永遠の今〉という詩的主題に思いを致すとき、六林男の俳句において〈特異〉とされてきた審美性を湛えた一群の作品もまた、その一句一句において選択されたモチーフは、さまざまに異なっていたとしても、そこに通底する虚無の美学と呼びうるものを確かめることができるのではないだろうか。

さらにその先で出会うのが、「見るところ花にあらずといふことなし、思ふところ月にあらずといふことなし」（『笈の小文』）と語ったラディカルな芭蕉であり、鈴木六林男の句作にとって、その基底のひとつを成した芭蕉という存在の大きさであるのだ。

＊

いま鈴木六林男の俳論集『定住游学』（一九八二年）を繙くと、さまざまな面から芭蕉について数多くのページが割かれている。六林男の芭蕉論の観点を要約すれば、凡そ次の三点となるだろう。ひとつは俳句の方法＝原理であり（『三冊子』など）、二点目は無季俳句の根拠をめぐる論であり（『去来抄』）、三点目は六林男が「余計者」と名づけた反逆者であり、ニヒリストとしての根源的とも呼べる芭蕉像である。

なかでも、従軍中に携行した『三冊子』について述べている箇所は、六林男俳句の始まりの地点を見届けるうえで貴重な証言となっている。

「物の見へたるひかり、いまだ心にきえざる中にいひとむべし。」（『三冊子』——あかさうし）

（……）私は、この言葉をボロボロになった岩波文庫で読んだ。中国も奥地の湖北省と四川省の境を彷徨してたころである。「ひかり」は、ひらめき、感性のことであろう。「いひとむ」は、書きとめること。すなわち、知性のつかさどる分野である。図式的になるが、書くという行為は、感性（体験）のアンテナがとらえたものを知性（経験）が、作品に移行することになる。このとき必然的に観察者としての第三者の眼、表裏を観る眼が要求される。対象と表現の間に隙をあたえないようにする、ことも教えている。それがきえざる中に、にあたる。（……）

（「芭蕉の言葉について」一九八一年、『定住游学』所収）

かつて神田秀夫より、「地獄から這い上ってきた」と評された六林男の一連の戦場俳句は、たえずボロボロとなった文庫本の中の芭蕉の言葉によって支えられていたのだ。当時、新興俳句の先端において戦火想望俳句と称される試行がなされていたが、戦地の六林男にあっては、たえずその成果に接するのが困難であったはずである。ここで六林男は、自身の俳句的営為に引きつけることで芭蕉の方法＝原理を語っている。当時の「時代的な表現の共同性」として新興俳句を選び取った六林男の方法＝原理の基底には、「物の見へたるひかり……」という芭蕉の言葉が、その晩年に至るまで、たえず反響し続けていたのではなかったか。

　そして一方、六林男の言説の中で、とりわけ注目しておきたいのは、名実共に芭蕉のデビューとなった俳諧集『貝おほひ』の成立をめぐる論だ。彼は、井本農一や広末保らの説を引きながら、さらに「全句芭蕉が一人で編んだもの、つまり芭蕉の独吟」とみることによって、北村季吟を頂点とする同時代の俳諧師集団に対する挑戦者、つまりアンチテーゼとして芭蕉を位置づけようとしている。さらに後年、五十歳前後の芭蕉が語った「無能無才にして此一筋につながる」(『幻住庵記』)という述懐の言葉を六林男は好んで引用しながら、六林男独自と呼べるような芭蕉の根底のひとつを探りあてようとする。

(……)旅に移動することによって価値観を固定させず、自己を束縛しております従来からの諸条件を否定することによりまして、ニヒリストとしての芭蕉は自己の自由を獲得しようとしました。あらゆる秩序を否定することによって何者にもたよらず、それゆえに殺到してくる不安と独りで闘いながら旅をつづけた芭蕉の道にニヒリズムのプロセスがあります。(……)

(「余計者の系譜」一九七〇年、『定住游学』所収)

おそらく芭蕉へと注ぐ六林男の眼差しの先にあったのは、およそ秩序や倫理に迎合することのない「風雅の魔心」(『栖去之弁』)と呼びうるものであり、それゆえに深く鋭く現実世界の真実を穿つ虚無の美学への意志が貫いていたはずである。

いま振り返れば、いわゆる社会性俳句を代表する一人とされながらも、六林男は一貫して俳句形式の解体よりも執着を、俳句表現そのものの凝視と実践を通じて、混沌とした戦後俳句における文学としての行方を挑発し続けてきた。もちろん、それは決して伝統への回帰などということではなく、あくまで俳句形式に対峙したときの〈個〉の問題としての執着にほかならなかった。鈴木六林男の句作における方法＝原理の基底には、一方では虚無的な心性と表裏をなす純粋美を求める憧憬が横たわり、時代情況への不安や絶望に似た感情が、より六林男の句作へと向かう強度を狂おしいまでに増幅させ続けたのではなかったのか。

他者としての女

1.

二〇〇〇年、第七回西東三鬼賞授賞式後に行なわれた鈴木六林男と三橋敏雄の対談の中であったろうか。両者各々の俳句の作法（極意？）などを明かすなかで、できる限り固有名詞は忌避すると語った敏雄の言葉を受けて、六林男は女性を書く場合、「妻」や「寡婦」などと特定してしまうと、その作品の世界が拡がらないと語っていた。そして、森澄雄の代表作のひとつである、

除夜の妻白鳥のごと湯浴みをり　　森　澄雄

を掲げて、苦言を呈していたことを思い出す。

おそらく六林男や敏雄の世代にとっては、いくら愛妻家であっても、「妻」を「白鳥のごと」と手放しで美化してしまうことに抵抗があることは容易に推測できよう。また、あえて「妻」と記さざるをえなかった澄雄の敗戦後の苦しい生活状況を、六林男が知らなかったわけではないこ

とも、あくまで例句だと念を押すような彼の振るまいからもうかがえる。だが、そのことを差し引いても、一句の中に「妻」――婚姻関係を結んだ対象と記すことで、たしかに閉ざされた限定的な印象となってしまうことは、六林男の苦言のように免れないのではないだろうか。そして、いまから振返ると、あのときの六林男の語りには俳句の作法などといったハウツーにとどまらない、六林男における俳句表現の基底と呼びうるものさえ露出していたように思える。
たしかに六林男の俳句作品を見通してみると、その初期から「妻」などと限定してしまう作品は、決して皆無ではないものの極端に少ないことに気づかされる。

旱雲手紙は女よりきたり
女匂ひ寒苑の禽みな眠る
松籟や女見送るおのが影
おびただしき蝌蚪へ女の影落ちる
みな遠し女とわたる夏至の原
女の前わが帽子より蜘蛛さがる　　　　『荒天』
女立ちて遠き冬田に働ける
沼匂う女の寝顔かたわらに
わが女冬機関車へ声あげて　　　　『谷間の旗』

冬日より遠き地隙に女病む
樹や岩や女ら眠り夜の滝
女吹かれ黒煙突から飢えはじまる
蟻も帰るデルタ地帯を女帰る　　『第三突堤』
マラソンの眼が通過する女の胸
冴えぬ日の縞馬臭い女匂う
枯野の声女ひとりが何を待つ
女去り馬立ち桜暗くなる
女来て病むを憐れむ鷗外忌　　『櫻島』

第一句集『荒天』（一九四九年）では、敗戦前後に「妻」をめぐる十句余りの連作が含まれるものの、その作品の大半は、単に〈女〉と何ら具体性が与えられぬまま記されているものが数多く収められており、続く『谷間の旗』（一九五五年）、『第三突堤』（一九五七年）、そして『櫻島』（一九七五年）に至っても同様である。

ところで、このような六林男の俳句作品における〈女〉という表象をめぐって、だれよりも早く先駆的に指摘してみせたのは坪内稔典であった。まず彼は、「句集『荒天』と鈴木六林男」（一九八〇年、『俳句　口誦と片言』所収）において、六林男の戦場俳句である「海のない地図」の章の作品群を取り上げ、「日常をリアルに見ようとする眼よりも、日常を越えて言語空間を構築しようとする意志の方が強く感じられる。」と記し、その水準こそが当時の「新興俳句の獲得した表現のレベルに支えられている」ものと評価する。

その一方、敗戦後、『荒天』の「深夜の手」の章以後の作品になると、独自の言語空間を構築しようとする意志が減退し、六林男における「ことばの根拠」が吹きさらしになったのではないかと述べる。そして、六林男をめぐる坪内の見立てによると、このような敗戦後の「ことばの根拠」を喪失する事態に直面するなかで、六林男は、自らにとっての「ことばの根拠」を探るように〈女〉を発見したのではないかと記すのである。

さらに坪内は、『荒天』の「深夜の手」の章以降に収められた〈女〉をめぐる夥しい例句を引きながら、戦後の鈴木六林男をめぐる予見的とも呼べる詩学的な見立てを示しているのだ。

（……）鈴木の〈女〉は、自分を何ものかと関係づける媒介的存在なのではないだろうか。だから、これらの〈女〉は、単に異性や他者であるのではなく、鈴木自身の存在を未知へ開くものなのだ。〈女〉と向かい合っているとき、鈴木は自らの存在を確かめたり、自己を未知へ押し出したりできたのではないか。

多くの〈女〉の句を書くことで、鈴木は自らのことばの根拠を探ったのだと言ってもよい。

（坪内稔典「ことばの根拠——鈴木六林男」一九八二年、『俳句　口誦と片言』所収）

鈴木六林男は、いかにして敗戦後の状況から作家として出発しえたのか。そして、いかなる「ことばの根拠」を見つけようとしつづけたのか。この坪内の言説には、六林男を単に戦場俳句の作家として評価し、流通させてしまおうとする既存の言説に抗う視点が明確に示されている。いま坪内の視点に導かれながら、また再検証しながら、敗戦後の六林男において顕在化した〈女〉というモチーフの展開を見ていきたいと思う。

2.

そのためには、まず「海のない地図」という戦場俳句に先立つ、六林男の作家としての出立における〈女〉という表象を見定めておく必要があるだろう。

旱雲手紙は女よりきたり
仁丹をふくみ霜夜の女記者
雪の鉦遠し女のほほも濡れ
酔ひ笑ふ夜の女にとりまかれ

六林男の戦場俳句が書かれるより以前の初期の作品は、句集『荒天』の「阿吽抄」（一九三八年〜一九四〇年四月）に収められている。ここには、「女記者」や「夜の女」のように職業などの属性によって特定されてしまう作品があるものの、一、三句目では、敗戦後の六林男俳句を先取りするかのように、ただ〈女〉とだけ記されている。なかでも一句目の「旱雲手紙は女よりきたり」は、句集『荒天』の冒頭に置かれた文字通りデビュー作と呼べる作品であり、六林男における〈女〉という表象を考えるとき、けっして避けることのできない一句であると思われる。いま、しばらくは、この冒頭の一句にこだわってみたい。

「旱雲」と「手紙」、そして「女」。この三つの要素からなる小気味よいテンポのシンプルな構成であるが、まず何よりも「手紙」を差し出した「女」をめぐって、作者にとっての恋人か、あるいはそれに近い存在であることをうかがわせる。おそらく作者の相手への特別な感情が、自らの第一句集の冒頭に置くという選択になったことも推測できよう。この一句の「女」というモチーフをめぐって、作者の師である西東三鬼からの影響なども指摘する見解もあるが、ここで注目してみたいのは、作者の青春性であり、何よりも「手紙」という存在だ。もちろん当時において「手紙」とは、個人と個人をつなぐ親密な媒体であり、かけがえのない通路ではある。だが同時に、ある隔たりや距離を表わしてしまう存在でもあるのだ。また一方、「旱雲」という季語によるセクシュアルとも呼びうる欲望の暗示性も見落とせないものの、そのような性的な欲望も「手紙」によって、やはり隔てられていることの方を読み取る必要もあるのではなかろうか。

「手紙」をめぐる隔たりとは、何か。その容易に答えがたい問いをめぐって、幾分まわり道となるが、詩人の高橋睦郎によって記された、存在論的とも呼べる深度をたたえる一篇の詩を、いま引き写してみたいと思う。

手紙を読む
きみが書いた手紙を読む
まだ存在しないぼくに宛てて
すでに存在しないきみが書いた
きみの筆跡が　ぼくを
薔薇いろの幸福で包む
あるいは
菫いろの絶望に浸す
手紙を書いた昨日のきみは
書き終えると同時に存在を止めた光源
手紙を読む今日のぼくは
その時点では存在しなかった目
存在しない光源と
存在しなかった目
のあいだにある手紙の本質は

存在しない天体から
存在しなかった天体へ
闇を超えて届けられる光
それは存在するのか

（高橋睦郎「手紙」第二連目、詩集『柵のむこう』二〇〇〇年）

ここでは、全体で三連からなる詩「手紙」の第二連だけを引いてみた。この睦郎の詩において、第一連から第三連まで、その末尾に記される「それは存在するのか」という疑問形のリフレインによって、「手紙」と時間の遅延をめぐる存在論的な隔たりと呼びうるものが、酷薄なまでの美しさを湛えて、あばき出されている。

俳句を書きはじめたばかりの若き六林男が、自らの思い入れあるデビュー作に記した「手紙」――。それは、〈女〉とのかけがえのない通路である一方で、作者の思惑を超えて、〈女〉との隔たりを、距離を露呈させてしまっているのではないか。ときに気づかぬようにデビュー作に刻印されてしまった〈女〉との隔たりは、敗戦後の「深夜の手」以降の作品においても潜在し、さらなる時代的な変奏を伴って表出しているように見える。

女匂ひ寒苑の禽みな眠る
松籟や女見送るおのが影

おびただしき蝌蚪へ女の影落ちる
女無き春の家なり五時を打つ
みな遠し女とわたる夏至の原
海に向き女歩めり振りむかぬ
沼暗し女にほふは不安なり
女無しかぼちゃ刻まれ木の如し

これらの作品に表出されているのは、「手紙」という媒体による間接的な隔たりでは、すでにない。むしろ、より直截に「女無し」という漠とした不在感、あるいは「女見送る」、「振りむかぬ」という時間的な隔たりとなっている。また、「女の影落ちる」と実体を欠いたまま「影」のみであったり、さらに「女匂ひ」、「女にほふ」という官能性を伴う微かな異和感も、「みな眠る」、「不安なり」という措辞と取り合わされることによって、どこか向日的とは言えない負の気配や感情と呼びうるものとして形象化されている。

もとより、ここで記されている〈女〉とは、作者にとって異なる〈性〉をそなえた存在である。これらの作品では、そのような異なる〈性〉を磁場として、それまで馴致され既知の存在であった〈女〉が、どこか見知らぬ他者として生々しく現前しているのではないのか。そして、この自己に決して還元しえない他者性と呼びうるものが、作者である六林男の「存在を確かめたり、自己を未知へ押し出したり」(坪内)させたのではないだろうか。

汽車と女ゆきて月蝕はじまりぬ
哭く女窓の寒潮縞をなし
屋上の高き女体に雷光る
雷とほく女ちかし硬き屋上に
『旗』西東三鬼

ここに、いま掲げたのは、六林男の〈女〉をめぐる作品に何らかの影響を与えたと考えられる戦中の西東三鬼の俳句作品である。これらの作品に表象された〈女〉と作者である三鬼の眼差しからは、ことさら六林男のような距離や隔たりを指摘することはできない。たしかに、「汽車と女ゆきて」と時間的な隔たりが含意されているものの、すでに〈女〉とのセクシュアルなドラマが終わったあとのシーンが、「月蝕」というシンボリックな措辞によって、どこか余裕さえ含んで暗示的に描かれている。また、「哭く女」や「女体」などの一句にしても、何らかのセクシュアルなドラマのひとつのシーンとして切り取られているように感じさせるのだ。

しかし、六林男の〈女〉をめぐる作品からは、三鬼のようにセクシュアルなドラマが、明白に立ち上がることはない。むしろ、〈女〉をめぐるドラマが立ち上がるより以前の、さらには遂にドラマが立ち上がることのないまま、どこか不毛な感情を抱えて閉じられてしまったような空虚ささえ漂っている。それが、おそらく作者にとっての〈戦後という場所〉であったのかもしれない。

　そのような六林男の作品にあって、「みな遠し女とわたる夏至の原」は特異である。この一句では、遠いのは〈女〉ではなく「みな」であり、作中主体は「女とわたる」と記されている。だが、このように「みな」と〈女〉の遠近感が逆転することによっても、作者の隔たりという感情自体は解消されることはない。この作品では、「みな」――たとえば敗戦後の世界との関係において、作者の孤独感、あるいは対象との隔絶感と呼ぶべきものが、〈女〉をめぐる作品のように、「遠し」という一語によって、ふたたびせり上がってくるのだ。

　いま差しあたり言えることとして、敗戦後の六林男において、「深夜の手」以降の〈女〉という他者をめぐる作品に表出された隔たりという感情は、そのまま敗戦後の混乱した世界に対する作者の隔絶感と重なるものであったのではないのか。さらには、自己の閉ざされた〈戦後という場所〉から出発しようとするときに伴う、表現主体における逡巡と留保が交錯した内的な感情の返照であったとも言えるのではないだろうか。

　このような地点から、敗戦後の鈴木六林男を眺め返すとき、わたしは、六林男と同じように、いや、それ以上に敗戦後の世界からの出発――「出発のない出発」（吉本隆明）ということを考えぬいた一人の詩人を召喚してみたいと思う。鮎川信夫である。

3.

かつて鈴木六林男の戦場俳句と出会ったとき、わたしは鮎川信夫による次のような詩句を想い起こした。

埋葬の日は、言葉もなく
立会う者もなかった
憤激も、悲哀も、不平の柔弱な椅子もなかった。
空にむかって眼をあげ
きみはただ重たい靴のなかに足をつっこんで静かに横たわったのだ。
「さよなら、太陽も海も信ずるに足りない」
Mよ、地下に眠るMよ、
きみの胸の傷口は今でもまだ痛むか。

（鮎川信夫「死んだ男」より）

「死んだ男」というタイトルをもつ詩篇の最終連であるが、ここには戦場の具体的な描写があるわけではない。しかし、詩人が六林男とほぼ同年代（鮎川は一歳年少）であり、戦前の帝国陸軍の従軍体験などの共通項があることを予備知識として持つ者にとって、この詩に描かれた「死んだ男」が戦死者の一人であることは、疑いようのないことであった。この作品をめぐって、吉本隆明は秀抜な鑑賞文を寄せている。

（……）重い軍靴に足をつっこんで、棒きれのようにころがされている兵士の屍体を、じっさいに視たことのあるもののイメージである。もっとはっきりいえば、そういう兵士を、じぶんを葬るように引きずって穴に埋めたことのあるもののイメージだといってもよい。この推測が確かだとすれば、もう、人間としてはそれ以上、やることは何もないのではないか。（……）

（吉本隆明「鮎川信夫の根拠」、『鮎川信夫著作集』第二巻解説、一九七三年より）

そうなのだ。「もう、人間としてはそれ以上、やることは何もない」のだ。そのことは、また鈴木六林男においても同様であったのだろうか。

そして、本章のテーマである他者としての〈女〉ということをめぐっては、鮎川にも決して看過できない一篇の詩作品がある。戦後詩屈指の秀作と言われる「繋船ホテルの朝の歌」。全四連に及ぶ長篇であるため、ここでは第一連から第三連までを引く。

繋船ホテルの朝の歌

ひどく降りはじめた雨のなかを
おまえはただ遠くへ行こうとしていた
死のガードをもとめて
悲しみの街から遠ざかろうとしていた

おまえの濡れた肩を抱きしめたとき
なまぐさい夜風の街が
おれには港のように思えたのだ
船室の灯のひとつひとつを
可憐な魂のノスタルジアにともして
巨大な黒い影が波止場にうずくまっている
おれはずぶ濡れの悔恨をすてて
とおい航海に出よう
背負い袋のようにおまえをひっかついで
航海に出ようとおもった
電線のかすかな唸りが
海を飛んでゆく耳鳴りのようにおもえた

おれたちの夜明けには
疾走する鋼鉄の船が
青い海のなかに二人の運命をうかべているはずであった
ところがおれたちは

何処へも行きはしなかった
安ホテルの窓から
おれは明けがたの街にむかって唾をはいた
疲れた重たい瞼が
灰色の壁のように垂れてきて
おれとおまえのはかない希望と夢を
ガラスの花瓶に閉じこめてしまったのだ
折れた埠頭のさきは
花瓶の腐った水のなかで溶けている
なんだか眠りたりないものが
厭な匂いの薬のように澱んでいるばかりであった
だが昨日の雨は
いつまでもおれたちのひき裂かれた心と
ほてった肉体のあいだの
空虚なメランコリイの谷間にふりつづいている
おれたちはおれたちの神を

おれたちのベッドのなかで締め殺してしまったのだろうか
おまえはおれの責任について
おれはおまえの責任について考えている
おれは慢性胃腸病患者のだらしないネクタイをしめ
おまえは禿鷹風に化粧した小さな顔を
猫背のうえに乗せて
朝の食卓につく
ひびわれた卵のなかの
なかば熟しかけた未来にむかって
おまえは愚劣な謎をふくんだ微笑を浮べてみせる
おれは増悪のフォークを突き刺し
ブルジョア的な姦通事件の
あぶらぎった一皿を平げたような顔をする
（……後略……）

すでに本詩篇に対しては、吉本隆明や瀬尾育生による詳細な読解があるが、まず何より確認しておきたいのは〈戦後という場所〉からの出発とその不可能性をめぐる作品であることだ。作中主体の語る倦怠感を帯びたプライベートな意識が、やがて文明批評の意識へと融合していく鮮烈さは、戦後詩と呼ばれる詩法のひとつを見事なまでに象徴している。

また、本章のテーマに則したとき、この詩全体が「おれ」と名告る作中主体と「おまえ」と呼びかけられた対象、つまり〈女〉との間で演じられたドラマであることは見落とせない。詩の冒頭から「おまえ」は、なぜか死にたがっている。だが「おれ」は、「おまえの濡れた肩を抱きしめ」、「背負い袋のように」ひっかついで、遠い航海に出ようとする。しかし、その航海は果たせないまま、「おれは明けがたの街」に唾を吐くことしかできない。すでに詩の第二連において、出発することの不可能性が酷薄なまでに刻印されているのだ。

そして第三連になると、「おれたちはおれたちの神を／おれたちのベッドのなかで締め殺してしまったのだろうか」というセクシャリティの不可能性を暗示する詩句にはじまり、どこか見知らぬ他者として「おまえ」が生々しく現前してくる。たとえば「禿鷹風に化粧した小さな顔」、さらに「愚劣な謎をふくんだ微笑を浮かべてみせる」おまえは、すでに馴れ親しんだ既知の存在ではない。「おまえ」に対する「おれ」の視線の距離や隔たりは、そのまま〈女〉に対する作中主体の隔絶感でもあるはずだ。そのとき、第二連で提示された〈戦後という場所〉をめぐる出発の不可能性というモチーフが、〈性〉の不可能性というモチーフへと重ね合わされていくことによって、さらに重層的な詩的深度を手に入れている。

思い起せば、敗戦直後に鈴木六林男の俳句作品に記された〈女〉というモチーフが距離や隔たりを伴って表象されていたように、鮎川信夫の詩作品においても〈女〉という他者を伴って〈戦後という場所〉からの出発の不可能性は表出されている。そして、「ただ〈出発のない出発〉を必然化した詩人には、無限に繰返される〈喪失〉が、未決のまま残されている」（吉本隆明）のだ。

ところで、鮎川の「繫船ホテルの朝の歌」の初出は、一九四九年十月の「詩学」誌上であるが、明くる一九五〇年六月の「現代俳句」誌上に鈴木六林男は、次のような俳句作品を発表している。（初出では「冬の機関車へ」）

わが女冬機関車へ声あげて　　『谷間の旗』

この一句を収める第二句集『谷間の旗』（一九五五年）の序文を記した西東三鬼や、その後には川名大『現代俳句　上』（二〇〇一年）にも取り上げられ、六林男の代表作のひとつとされてゆく俳句作品である。

しかし、この作品では敗戦直後の作品に見られた〈女〉との距離や隔たりというべきものが、明らかに失われているのではないか。「わが女」という措辞は、すでに他者としての〈女〉ではなく、川名が指摘するように「肉体関係を結ぶことで男が高圧的に支配している女というコード」（川名大、前掲書）として用いられている。

このようなコードこそ、昨今のジェンダー格差をめぐる議論において真先に批判に晒されそうな表現であるが、その一方、作者である六林男の表現との関わりにおいても看過できない問いが立ち上がる。つまり、この一句を書くことで、作者である六林男は、自立した言語空間を探る示標のひとつであった、他者としての〈女〉を手離してしまったのか。さらには、〈戦後という場所〉から早々と出発してしまったのかという疑問である。

もちろん、この一句のみで早急に結論づけてしまうことは危ういが、この時期、六林男にとっての〈戦後という場所〉という文学的主題が、日常からの何らかの侵蝕を許してしまったであろうことは推測できる。六林男の表現意識の位相よりも先に、いわば現実的な日常の生活意識において、ある錯誤や混乱を招きよせてしまうことによる〈戦後という場所〉をめぐる表現思想における後退と言ってもよい。

このような六林男への問いを反芻しながら、かつて中谷寛章によって、予見的に記された新興俳句から戦後俳句にまで及ぶ俳句の成熟過程にひそむ次のような陥穽なるものを、わたしは想い浮かべている。

新興俳句が内在させてきた幾多の俳句の可能性は、昭和十五年をさかいに完全に霧散され、それ以降、当時の俳句作家たちはほとんどおなじ俳句行程を歩むようになる。それは一口にいえば、詩人の表現意識を、詩人としてでなく人間としての〈良心〉にまで後退させることによって、つまり、善良な国民感情の位相にまで、詩人の意識を後退させることによって、俳句を書きつづける権利を確保したのである。（……）この五年間のブランクが、ある意味で戦後俳句を決定づけたといえる。

（中谷寛章「俳句の成熟　戦後俳句史論(1)」『眩さへの挑戦』所収、一九七五年）

辛辣でありながら、じつに見事なまでの洞察と言わざるをえない。さらに、同じ稿の前章において中谷は、「俳句における戦後の出発そのものが、（……）あらたまって「戦後の出発」とはいえなかった」とも断じている。だが、戦後における鈴木六林男や高柳重信などの来し方を考えるとき、果して全てに対し裁断しえるのかという疑問も同時に打ち消すことができない。

ただ、中谷が指摘する新興俳句の終息にひそむ戦後俳句にまで及ぶ陥穽に対しては、六林男もまた免れえなかったのではなかろうか。それゆえ、敗戦直後において、自立した言語空間を探る示標として、他者としての〈女〉というモチーフを手に入れ、ときに戦後詩と共有し、また共振させながらも、ついに表現思想の位相において十分に意識化されなかったように見えてしまうのである。

4.

鈴木六林男は、『谷間の旗』（一九五五年）以後も〈女〉をモチーフとした作品を断続的に書き続けてゆく。

沼匂う女の寝顔かたわらに　『谷間の旗』
冬日より遠き地隙に女病む
昼酒や切干つくる女の背
女吹かれ黒煙突から飢えはじまる
蟻も帰るデルタ地帯を女帰る　『第三突堤』
女ひとりの寒夜単線波に沿う
女の声透る真珠半島の夜

すでに「わが女……」の一句で指摘したように、徐々に他者としての〈女〉をめぐる距離や隔たりは消えかかっている。たとえば「かたわらに」、「女の背」のように作中主体にとって親密さと呼びうる距離の中で〈女〉は形象化されている。ただ、二句目や連作「安治川デルタ」の四、五句目、連作「大王崎」の六、七句目では、〈女〉という表象が、いまだ安易な解読を拒むように配されていることは注意しておきたい。

そして、第四句集『櫻島』（一九七五年）になると収録句数が多いこともあるが、〈女〉というモチーフを含んだ作品も数多く収められている。

ながい裁判待つている女の耳　『櫻島』
女が吐く鶏の骨黒の汽車

マラソンの眼が通過する女の胸
冴えぬ日の縞馬臭い女匂う
鶏頭の影と女のなげきぐせ
枯野の声女ひとりが何を待つ
女去り馬立ち桜暗くなる
女いて桜大樹に西日さす

ここに至って、「女の耳」、「女の胸」などの身体的部位、さらに「女が吐く」、「女のなげきぐせ」という具体的な身振りへと焦点が絞られることによって、より一句が明瞭なイメージを結ぶように描かれている。その一方、「女匂う」、「女ひとり」、「女去り」など時間的経過の中で〈女〉という表象が現われることで、どこか流動的また重層的なイメージを投げかけているようである。この両者の表現上の傾向が交錯しながら、句集『國境』（一九七七年）以後の俳句的な成熟へと向かっていくのではなかろうか。

ところで『櫻島』には、その集中に他者としての〈女〉を想起させるような次の作品も収められている。

凶作の夜ふたりになればひとり匂う　　『櫻島』
水の流れる方へ道凍て恋人よ

どちらの作品にも、「女」という措辞が用いられてはいない。また定型律に収まりながらも、上七音によって、ある不安定さをまとっている。だが、これらの作品には他者としての〈女〉を示標として、自立した言語空間を探ってきた作者における、表現上のひとつの達成と呼びうるものを透視できるように思えるのだ。

一句目は、ことさら具体性が示されていないものの、「ふたり」のうち「ひとり」が匂うとは、どういうことなのか。夜を共にする「ふたり」——たとえば、対となる男女であっても、「匂う」という生理を通じて、その隔たりが覆うべくもなく顕わになってしまうのだろう。「凶作の夜」という危うさを背景として、生命のもつ愛しさや哀しさ、さらに寂しさまでも立ち上がってくる一句だ。また二句目、まず水が「流れる」という自然の姿が呼び出されるものの、その方句に沿っていく「道」は凍てついている。それゆえ「恋人よ」の呼びかけが、切なくも愛しく響く。吃音的に畳みかけるような「水」、「流れる」、「道凍て」の言葉の連なりによって、不安定な情景の中に恋しさ＝エロス的情動の根源にさえ触れる、あえかな未来性を形象化させてはいないだろうか。

「恋しさ」は対象の欠如を未来において補充しようとする志向をもっている。「恋う」は「乞う」に通じて、未来に求めるところがある。（……）

エロスの本領は単なる過去の追憶としての憧憬ではない。未来において実現を要請する想念への憧憬として初めて真の意味をもっている。（……）「恋しい」とは、一つの片割れが他の片割れを求めて全きものとする感情であり、「寂しい」とは、片割れが片割れとして自覚する感情である。

（九鬼周造「情緒の系図——歌を手引として」『「いき」の構造』所収、一九七九年）

いま、これら作品をめぐって、次のように言えるのかもしれない。他者としての〈女〉、つまり自らの言語における外部性を探るなかで六林男が出会ったのは、恋しさ＝エロスという情動の根源性であり、いわば対幻想（吉本隆明）と名づけられた領土を開くものであったと。それはまた、晩年に至るまで六林男が口にしつづけてきた〈愛〉という言葉と、決して無縁なものではありえなかったのではないかと——。

女来て病むをあわれむ鷗外忌　『國境』
女来て火の色をいう春の昼　『王国』
胎内に鱓をふとらせ眠る女
風花をあそばせている女の胸
木からとり女にわたす富有柿　『悪靈』
ひとり行く草のいきれを女の身
大鰻いまは女人の手にしずか
憎を過ぎ女人の方へ油虫　『雨の時代』

左手のなかに夜長の女の手

男をせめる女のこころ日雷

『一九九九年九月』

六林男の『國境』から『王国』、『悪靈』、そして晩年にかけて、〈女〉をめぐる表象における他者性は、さらに希釈されていくようである。まだ三句目などに作者らしい謎めいた喩的な表現が見られるものの、その大略は等身大と呼べる〈女〉のイメージのなかで形象化されており、もはや定型律にも不安定さはない。ここに至って、かつて作者である六林男の「存在を確かめたり、自己を未知へ押し出したり」しえた他者としての〈女〉という示標、つまり未知の言語への通路と呼びうるものは、やがて閉じられていったのではないだろうか。

ただ、ここに至るまでの六林男の俳句において、もうひとつ見逃すことのできない表現上の系譜と言えるものがある。それは、他者としての〈女〉によって探索された言語空間の可能性が、ときに「紅梅」などの花、あるいは「寒鯉」などをメタファーとして活用した俳句表現として結実していることだ。

木犀匂う月経にして熟睡なす　『谷間の旗』

夜の芍薬男ばかりが衰えて

夕月やわが紅梅のありどころ　『櫻島』

男より迅く消えさり曼珠沙華　『王国』

寒鯉や乳房の胸に手を入れて
夜遊びの細道のこり寒の鯉
寒鯉と月夜をあそび命滅る
異なる声とぎれしままに寒の鯉
寒鯉や傷つきしまま首飾り
紅梅と沈みゆく日をおなじくす

『悪靈』

これらの作品の中でも一句目から四句目、さらに十句目などは、六林男の代表作として自選句集などにも、たびたび再録されているものである。この「木犀」、「芍薬」、「曼珠沙華」など、どこか艶然とした風姿や気配を通して〈女〉という存在に秘められたエロスを表象しているのではないか。また、「紅梅」は六林男が取りわけ好んだモチーフのひとつでもあるが、その時間的な経過を伴う審美性の中に愛しきもの、かけがえのないものとしての〈女〉という存在が形象化されているようである。

一方、連作として句集『王国』に出現する「寒鯉」の作品は、どうであろうか。すでに『國境』には、「寒鯉や見られてしまい発狂す」という六林男の代表作が収録されているが、この一句にも通じる不条理な気配が、これら一連の「寒鯉」をめぐる作品にも投影されているようである。それは、いわば女と男という異なる〈性〉を磁場とした、つまり対幻想の根底に触れる不条理と呼ぶしかないものであろうか。このような女と男をめぐる答えのない問いもまた、鈴木六林男の俳句世界であった。

まなざしの行方

1.

フランスの映像作家クリス・マルケルの代表作のひとつに、あの沖縄戦をめぐる記憶をテーマとした「レベル5」（一九九六年）がある。集団自決などにより住民の三分の一もの民間人が犠牲となった凄惨な記憶を、やがて死の刻を迎えるコンピューター・ゲームというフィクションを媒介に、多層的な過去の記録映像やインタビュー証言によって問い直そうとする映像的な試みだ。

だが、この場において、いま俎上に乗せたいのは「レベル5」をめぐる議論ではない。その作品の中盤あたりで、唐突と呼べるかたちで挿入され、われわれに強烈な印象を残す記録映像とそれをめぐるナレーションである。それは、サイパン島の絶壁から身を投げる半裸の女性の映像だ。この女性は、身を投げる直前に、まるカメラを見詰めるようにして、一瞬こちらに振り返る。そのときナレーションが流れる。「彼女はカメラによって撃ち殺されたのだ」、と——。

このナレーションは、あらかじめ対象を撮ることに孕まれた暴力性について、クリス・マルケル自身によって記された自己批評と呼ぶべき言葉と受け取ってもよい。もちろん、そこには長年にわたり世界各地でドキュメンタリーを撮りつづけてきた者の反省的な倫理感を読み取ることも可能だ。また、若くから彼が師事してきた哲学者J＝P・サルトルの影響――とりわけ『存在と無――現象学的存在論の試み』における〈まなざし〉をめぐる議論も想起させる。

「レベル5」では、クリス・マルケルによって対象を撮ることの暴力性が語られているが、それはサルトルに倣えば、見ることに孕まれた暴力性と言い換えてもよいものであろう。見ることの暴力性と、見られることの被虐性――それは、鈴木六林男によって記された次の一句をめぐる解釈の不可能性とも共振しあうものではなかろうか。

寒鯉や見られてしまい発狂す　『國境』

この一句をめぐって、わたしは六林男の「俳句は省略の文学である。省略とは不要のものをすてることのみではなく、必要なものも削除することである。」（「リアリズム小感」一九六四年、『定住游学』所収）という言葉を引きながら、これまでの〈写生〉と呼ばれる方法との対比のなかで、次のように記したことがある。

（……）六林男は、「見られてしまい」の一語を、ひとつの解読不可能性を帯びた表記として句中に置くことによって、〈写生〉という方法の中に、その特権的な眼差しを切断する劇薬と

呼ぶべきものを仕掛けたのではなかったか。　　（「見られることの異和」参照）

この文章の後半で、「「見られてしまい」の一語に宿る、絶対的な他者性」と記してはいるものの、あくまで「寒鯉」というモチーフにこだわり過ぎたため、この作品の主題を捉えそこなったようである。もとより「寒鯉」とは、水底にもぐって動かない寒中の鯉を表わす季語であるが、作者の六林男にとっては、偶々選び取られたモチーフのひとつであり、直接的な主題ではなかったのではないか。むしろ、この一句の主題と呼ぶべきものは「見られてしまい」の一語それ自体ではなかったのか。それゆえに、つづく下五の「発狂す」という過激なまでの変容が立ち現われるのではないだろうか。

この「見られる」ことによる過激な変容は、すでに神話や伝承において、実に様々なかたちで登場している。たとえば、見られた者が石化してしまうギリシャ神話のメデューサ、また死を司る大天使サリエルの逸話などが著名である。あるいは弱肉強食の自然界においても、天敵である蛇の前で身動きできなくなるカエルなどの例をあげてもよいだろう。

また、この「寒鯉や……」の一句以前の六林男の作品の中にも、次のような「見られる」こと自体が主題となったような一句を認めることができる。

見つめられ跳ねまわる馬寒い五月　　『櫻島』

何故、馬が「跳ねまわる」のか、その理由が具体的に示されることはない。明るい陽光が満ちるはずの「五月」が、「寒い」からなのか。もしやすると、屠殺される予感に激しく怯えているのだろうか。どことなく不穏な気配をただよわせながら、「見つめられ」る眼差しだけが前景化してくる一句である。

ところで、見る／見られるという身振りを主体と他者を論ずるうえでの基礎に位置づけ、独自の哲学的思弁を語り「〈まなざし〉の哲学者」とも称されたのがJ＝P・サルトルであった。なかでも〈まなざし〉をめぐっては、彼の主著のひとつである『存在と無――現象学的存在論の試み』の第三部「第一章　他者の存在」の一項として詳しく論じられている。その数学的とも言われる厳密さによって記された文章は、容易に抄出を許すものではないが、他者から「見られる」ことをめぐって、あえて二箇所のみ引用を試みたい。

（……）「見られている」ということは、私の自由ならぬ一つの自由に対する一つの無防備な存在として、私を構成する。われわれが他者に対してあらわれるかぎりにおいて、われわれが自分を《奴隷》と見なすことができるのは、その意味においてである。（……）

（……）他者のまなざしのもとでは、私は、世界のただなかに凝固したものとして、危険にひんしたものとして、療《いや》されがたいものとして、私を生きる。（……）

（J＝P・サルトル『存在と無　Ⅱ』松浪信三郎訳、二〇〇七年より）

このような他者から「見られる」ことを、サルトルは「他有化」とも名付けたが、そこでは「見る」か「見られるか」の二者択一の関係しか成立しない。他者から私は「見られる」と感じるかぎりにおいて、そこに他者の存在を認めることはできるけれども、ついに私は他者を「見る」ことなどできないのである。

先にも指摘した、見ることの暴力性と見られることの被虐性とは、このような〈まなざし〉の論理に紐づいていることは明らかであろう。だが、それは、われわれの日常の関係においては極めて特異かつ非日常的な体験ではなかろうか。ここには、他者との言わば権力関係しか見出しがたいのだ。

このような非日常的な〈まなざし〉が、あたかも間歇泉のように、ときおり鈴木六林男の作品において主題化してくるのは、何故なのだろうか。やはり、あの極限的な戦場体験が六林男にもたらしたものなのか。

2.

鈴木六林男の戦場俳句は、第一句集『荒天』（一九四六年）の「海のない地図」の章に収められた一五三句である。作者の「定本についての後記」によれば、「昭和十五年七月より同十七年夏までの中国大陸と比律賓ルソン島に従軍中のもの。……」と言う。その極限的と呼びうる戦場を切り取った一句一句に圧倒されながら読みすすめると、その終盤に「負傷」と詞書きを付したなかに、次の一句がある。

射たれたりおれに見られておれの骨　『荒天』

この一句をめぐって、村上護との対話のなかで六林男自身は、「あれ、俳句としては駄目だけど、あのときはああいう風に書かないと仕方なかった」（『鈴木六林男』春陽堂・俳句文庫、一九九三年）と語っている。たしかに「海のない地図」を読んでいくと、何か異様とも言える印象を伴って、この一句と出会うのである。

すでに、ここには戦場の具体的な情景描写はない。ただ「おれの骨」と、それを見ている「おれ」の〈まなざし〉だけが切り取られている。また、ここでは、ひとりの主体であるはずの「おれ」が、「見る」ものと「見られる」ものに解離しているのだ。一般的に解離とは、耐えがたい苦痛を体験したとき、自らの精神が自己防衛のために本来の意識を切り離すことであり、精神疾患的な症例のひとつともなっている。

たとえば、大岡昇平の著名な小説『野火』（一九五二年）にあっては、戦場における極度なまでの飢餓のなかで主人公が人肉食に手を出そうとした瞬間、その手をもう一方の自分の手が摑み止めるという解離のシーンが描かれている。そして六林男においても、ひとりの主体の中に見る／見られるということが分裂して存在してしまうという、この解離的な事態こそが〈まなざし〉をめぐる戦場体験の原形であったはずである。

むろん戦場における「見る」とは、敵であり標的となるものを探すことであり、その一方で「見られる」とは、自らが標的となってしまうことである。この標的とは、言うまでもなく未来の〈死〉の対象となることだ。未来の〈死〉の対象となる相手を「見る」ことが、そのまま未来の〈死〉の対象として己れが「見られる」こと。この合わせ鏡のような非日常的な〈まなざし〉は、もはや〈死〉を賭した権力関係としか言いようのないものだ。

そして、このような〈まなざし〉を一人ひとりに強制するのが、まさに戦場という空間のリアル・ポリティクスにほかならない。この一句を記すなかで六林男は、この見る／見られることをめぐる逃れようのない地獄の淵を、あらためて覗いてしまったのではなかったか。

ところで、俳句という極小の詩型は、ときに作者の意図などを超えて「未来の景」を招きよせてしまうことがある。かつて、松王かをりは精緻で実証的な考察の先に、正岡子規の「鶏頭の十四五本もありぬべし」の一句に孕まれた「未来の景」と呼びうるものの可能性を描き出してみせた（松王かをり「未来へのまなざし」現代俳句10月号、二〇一七年）。いま、このような視点を参照にすれば、おそらく六林男においても「射たれたりおれに見られておれの骨」の一句を得たとき、「未来の景」なるものを見せられてしまったのではないか。つまり、おれが見ている「おれの骨」

の先に、ふいに〈死〉を幻視してしまったのである。それゆえに、「あのときはああいう風に書かないと仕方なかった」と、曖昧にしか語ることができなかったのではなかろうか。

この一句に潜む「未来の景」、つまり〈死〉のリアリティこそが連作としての戦場俳句をめぐる遠近法の、言わば消失点《バニシング・ポイント》と呼びうるものであった。そして、このような消失点の存在が、一五三句にも及ぶ戦場俳句の基底を支え、そのリアリティを保証しえたはずである。

それにしても何故、六林男は、厳しい検閲から逃れるため「自分の頭の中にかくす」（鈴木六林男「自作ノート」、一九七七年）ことをしてまで、これら戦場俳句を残すことにこだわったのだろうか。もちろん、自らの生の痕跡を残したいという、本源的と呼ぶべき欲望が底流していたことは間違いない。ただ、〈死〉が日常と化した戦場という空間において、それが書かれた作品＝エクリチュールとして残されうる確率など、けっして高いものとは言えない。もし作者が、戦場に遍在する〈死〉と出会ってしまったとき、その肉体と共にあっけなく霧散してしまいかねないはずである。

それにも拘らず、極限的な戦場において見ること、書くこと——そして俳句を残すことに執拗なほどこだわりつづけた六林男を考えるとき、かつて井口時男によって記された戦争文学をめぐる評文の一節が、ひとつの示唆を与えてくれている。そこで井口は、富士正晴の小説「童貞」（『帝国軍隊に於ける学習・序』一九六四年所収）の中の次のような一節を紹介する。

「この虚無的とも見える視力ばかりがわたしを支えているのだった。わたしは追い使われたり、なぶられたり、ぶんなぐられたりしながら、この客観的な視力のみで自分を内から支えていた。そうした術《すべ》もない場合にインテリジェンスは十分に自分を支えることがあるというのがたった一つのわたしの戦争での所得である」

（富士正晴「童貞」）

富士の描く主人公は、その軍隊において徹底して愚鈍であるように振る舞っている。そして、この主人公の語る「視力」、そして「インテリジェンス」をめぐって、次のように井口は断言を下している。

だが、それはわれわれが通常考える「インテリジェンス」とはもはや違ったものだ。だから「視力」としかいいようがないのである。人間には何か最後まで活動をやめない視力があって、世界と自分の有様を見つづけている。生きている限りこの視力の働きを停止させることはできない。「インテリジェンス」とは、この視力の残酷な働きに耐える能力のことだ。（……）

（井口時男「正名と自然」、『悪文の初志』所収、一九九三年）

もちろん鈴木六林男は、ここで富士正晴が描く主人公のように徹底して愚鈍であることを演じきったわけではない。しかし、たえず自らを軍隊における〈余計者〉と位置づけ、そんな振る舞いをすすんで選びつづけてきた六林男においても、この「視力」と呼びうるものしか、もはや残されていなかったのではないか。それは、井口の評文に従えば、「世界において完全な無力を強いられているものが、認識という一点に賭けて世界と地位を逆転させる。（……）最後にすがる権力意志（生への意志）だといってもよい」（井口、前掲書）ものだ。

かつて、わたしは鈴木六林男の戦場俳句をめぐって、「そこにはパウル・ツェランの詩篇にも通じる〈受動性〉、さらにはロマン性や青春性などが錯綜した詩的言語の層を成している」（「道化と戦争」参照）と述べたことがある。この小文は、それまで狭義のリアリズムからのみ評価されがちであった六林男の戦場俳句の読みを、言語的な表現位相からのアプローチによって更新させようとする試みであった。

だが、このような「錯綜した詩的言語の層」の基底には、たえず六林男の「視力」と呼ぶしかないもの、「見ること」があったことは、けっして看過できない。それは、井口が述べるように、まさしく戦場において「最後にすがる権力意志（生への意志）」であった。そして、このような〈まなざし〉――それ自体が作者である六林男の中に沈潜し、やがて対象化されたとき、次に掲げる戦後俳句の屈指の名作と言うべき一句が記されたのではないだろうか。

暗闇の眼玉濡さず泳ぐなり　　『谷間の旗』

3.

一方、鈴木六林男の作品には、その初期から、どこか抒情的と呼んでもよい〈まなざし〉を表現した一群の作品があることも、ここでは指摘しておきたい。

生き難く鶏見て居れば鶏も見る　『荒天』
ひとり見る一人の田植雨の中　『櫻島』
昨日見しところにはなく椿市　『王国』
国中《くんなか》や死んだ者らと月を見る　『悪靈』
昼寝よりさめて寝ている者を見る

一句目は敗戦直後の作であるが、作中主体と鶏の〈まなざし〉は、けっして敵対的なものではない。むしろ、生命あるもの同士の共感とも呼べる親和的な〈まなざし〉が形象化されている。また、三句目の時間性に伴うあえかな喪失感、四句目の死者たちとの共生と鎮魂、五句目の相手への慈みと孤独感など、けっして見る／見られるという緊張感に満ちた非日常的な〈まなざし〉ではない。

さらに、二句目について澤好摩は、次のような丁寧な読みを提示している。

（……）「田植」をしている「一人」とそれを「見」ている「ひとり」の、相互になんの関わりもないふたつの孤影がともに「雨の中」にある。「ひとり見る」のひとりは作者かと思ったが、そうではあるまい。「見る」人、「見られる」人、さらに両者の様子を「見ている」人が作者であろう。（……）

（澤好摩「鈴木六林男を読む」円錐第三十七号、二〇〇八年）

これに続けて澤は、「こんな句に、案外、鈴木六林男の抒情の原型が窺えるように思われる」と示唆的な言葉を記している。なるほど、この一句から見る／見られるという関係の原形と呼びうるものを取り出すことは可能であろう。だが、それは前章で指摘した権力関係に至るような過酷な見る／見られるという〈まなざし〉ではない。どこが静謐であり抒情的とも呼べるものだ。このような穏やかな〈まなざし〉を通じて造形された作品に接するとき、けっして六林男俳句の多彩さやバラエティということだけに帰することのできない断裂が、われわれの前にせり上がってくるのではないか。その一つは六林男の戦場体験によって壊れかけ失われかけた――それ以前の〈まなざし〉であり、その一方で否応無く所有せざるをえなかった――それ以降の〈まなざし〉の痛ましさである。

このような日常と非日常、親和と敵対、抒情と反抒情――この二つの極へと分岐せざるをえなかった六林男の〈まなざし〉は、けっして和解することのない表現思想として、その終生にわたり作者の中で潜在しつつ重層化していったことであろう。そして、蛇笏賞を受賞した句集『雨の時代』（一九九四年）、さらに生前最後の句集『一九九九年九月』（一九九九年）において、ひとつの結実をむかえてゆく。
冬の時〈見たものは見たと言え〉　　　『雨の時代』

これまで、あまり論じられたことのない一句である。もちろん〈見たものは見たと言え〉は、石原吉郎の詩句からの引用であることは間違いないが、六林男は何故、このような引用を行なったのか。この語句を含む石原の詩は二篇あり（「事実」、「脱走」）、いずれも第一詩集『サンチョ・パンサの帰郷』（一九六三年）に収められている。ここでは、「事実」全篇を引く。

事実　　石原吉郎

そこにあるものは
そこにそうして
あるものだ
見ろ
手がある
足がある
うすわらいさえしている

見たものは
見たといえ
けたたましく
コップを踏みつぶし
ドアをおしあけては
足ばやに消えて行く　無数の
屈辱の背なかのうえへ
ぴったりおかれた
厚い手のひら
どこへ逃げて行くのだ
やつらが　ひとりのこらず
消えてなくなっても
そこにある
そこにそうしてある
罰を忘れられた罪人のように
見ろ
足がある

手がある
そうして
うすわらいまでしている

これまで幾度となく語られてきたように、この詩篇にシベリアでの抑留体験が投影されていることは明らかである。だが、そこで見えてくるのは、人間であることを悉く剝奪された看守や捕虜たちのかすかな影のような輪郭だけだ。そして「見たものは／見たといえ」という憤怒のような命令形だけが、この詩形を支えている。その告発のような言葉は、石原が「私は告発しない。……」（一九六三年以後のノート）と記したことを踏まえれば、相手への告発などではないのだろうか。ただ一方で、石原は告発ということをめぐって、次の啓示のような言葉を記していることも看過できない。

もし私たちが、まぎれもない生者として、死者から告発されているのであれば、そのばあいにも私たちは、生者とよばれる集団として告発されているのではなく、一人の生者として告発されているのだということを思い知るべきである、しかも一人の死者によって。

（石原吉郎「アイヒマンの告発」一九七四年）

一人の死者による、一人の生者への告発――。詩人の発表から二十余年を経て、六林男が自らの一句に〈見たものは見たと言え〉の言葉を潜めたのは、言わば生き延びた己れ自身への命令であり、かつて戦場で死んでいった固有名をもつ一人ひとりからの告発ではなかったのか。むろん「冬の時」という措辞は、〈戦争〉の記憶が激しい風化に晒されていく二十世紀末の比喩であろう。そして、この時期、自らの体験した〈戦争〉の記憶を呼び戻すように、ふたたび六林男は〈戦争〉をモチーフとした作品を――より私秘的（プライベート）な視点から書いていくのである。

徴兵令知る草木らの初茜
夜咄は重慶爆撃寝るとする
戦友をさがす広告開戦日
初雲雀老戦友の自殺また
花篝戦争の闇よみがえり
『雨の時代』

そして、生前最後となった句集『一九九九年九月』に至って、六林男は自らの〈まなざし〉と呼びうるものを、あたかも総括するかのような作品を残している。

オイディプスの眼玉がここに煮こごれる
視つめられ二十世紀の腐りゆく
『一九九九年九月』

一句目の「オイディプス」とは、神託の通りに実の母と交わり、その果てに盲目となって王国から追放されてしまうギリシャ悲劇に登場する王であるが、それは見てはならない禁忌さえ見てしまった「眼玉」なのか。また六林男自身の「眼玉」でもあるのだろうか。おそらく、〈見たものは見たと言え〉の詩句とも響きあう「眼玉」であろうが、「ここに煮こごれる」という結句には、作者の深い断念と呼ぶべきものさえ感じさせる。

また二句目は、メタ的な視点を含んだ作品。「二十世紀」とは、梨の実の品種名のひとつでもあるが、それより六林男が生き抜いてきた時代そのものだ。「腐りゆく」二十世紀と共に滅んでゆくしかない六林男。それを「視つめ」ている者もまた、六林男自身だ。作中主体は見る／見られる双方へと解離し、二重化している。それは、戦場で記した「射たれたりおれに見られておれの骨」に対する、密かな応答にも見えないだろうか。

いま想えば、六林男にとっての〈まなざし〉とは、己れの肉体に刻まれた戦傷と共に、いや、それ以上に逃れようのない傷であったのではないか。目に見え、手で触れられる傷ではなく、六林男自身さえも日常の中で、何時の間にか自然と感じてしまうものである。そのような戦傷としての〈まなざし〉を忘却するのではなく、何十年も経た後も、たえず想起するように六林男は書いた。書かされてしまったのである。

おそらく、その晩年に至るまで、ついに六林男は変わることなどできなかった。そのことを非転向と呼んでも、理想への殉教と見ても、あるいは終わりのない後退戦と言ってもかまわないだろう。しかし、そのとき戦争は、宇多喜代子が語るように六林男の〈杖〉と呼ぶしかないものになったのではないだろうか（現代俳句協会編『21世紀俳句パースペクティブ』二〇一〇年）。

われわれは、ふたたび問いかけるべきなのかもしれない。六林男に救済は訪れたのか。そして、彼自身への真の鎮魂はあったのか、と。たとえ、答えが否であっても。

Ⅳ

小野十三郎と鈴木六林男

周知のように、戦後、俳句や短歌などの短詩型ジャンルは外部からのさまざまな否定論にさらされた。なかでも、その先駆的な役割を担ったのが「世界」誌上に発表された桑原武夫の「第二芸術――現代俳句について」（一九四六年）であった。

わかりやすいことが芸術品の価値を決定するものでは、もとよりないが、作品を通して作者の経験が鑑賞者のうちに再生産されるというのでなければ芸術の意味はない。

ここで桑原は、俳句における作者（つまり、近代的個人）の自立性がはなはだ乏しく見えることを問題にしながら、後段の文章において「菊作り」や「盆栽」などを例にあげながら、「しいて芸術の名を要求するならば私は現代俳句を「第二芸術」と呼んで、他と区別するがよい」と断じている。

俳句を「第二芸術」と断ずる桑原の論拠とも言うべきものは、もとより西洋近代の文学であり、その芸術観である。しかし、いま彼の論を読みかえしてみると敗戦後――一九四五年直後という時代的な条件や、また一方で、桑原の俳句作品の読みに対する浅薄さばかりが目についてしまう。さらに、この論で取り上げている俳句作品の偏りも気になるところである。

ここは「第二芸術」論を検証する場ではないので、これ以上は立ち入らないが、このような敗戦後の時代的思潮を背景として小野十三郎の『短歌的抒情』（一九五三年）に収められた諸論も書かれていたことを確認しておきたい。

とりわけ桑原の「第二芸術」のほぼ一年後、「八雲」誌上に発表された「奴隷の韻律」（一九四八年）で小野は、短歌や俳句にまつわる五七調の音数律に対して、古い生活や生命のリズムとして、その嫌悪を隠すことなく、あからさまに表明している。さらに彼は、「桑原武夫はいかに俳句をやつつけても、裏口で三好達治に抜けているようなもの」とも述べ、ジャンルを越えて詩や小説にもはびこっている短歌的抒情、つまり五七調の音韻の根を、奴隷のリリシズムとも呼んで一貫して嫌悪感を語りつづけてきた。

このように短歌的抒情を「奴隷の韻律」と呼んで嫌悪しつづけた小野であるが、一方で俳句に関しては、その批評的限界を指摘しながらも、好意的と言ってもよい姿勢を含んで評価していることは見のがせない。

技巧的な面から見て俳句が日本文学中最も批評的な文学であるということは大体に於て正し

いと思いますが、過去の俳人の生活などを考えますと、全体としての俳句の本質にある「批評」は一つの限界内にあるものでしょう。ぼくの短歌否定は俳句発想の支持から出発したものではありませんが、好みとして俳句への傾斜があることを認めます。（小野十三郎「浪花節的旋律」）

なかでも『短歌的抒情』に収められた「俳句的表現について」の一文は、今日でも多くの示唆に富んだ指摘を含んでいる。そのポイントとなるべき箇所を、いくつか引用してみよう。

私は五七五七七が五七五につまつたことは、単なる音数律の模様替というよりも、これは認識の革命だつたと理解しています。（……）

俳句は短歌ほど（どちらも一つの定型律をとり又は一つの音感的秩序を持つていますが）無批判的に音楽にもたれかかり韻の自己陶酔におちいつていない（……）

俳句は「考える詩」の部類に入り、俳人は「考える詩人」であると云つてもよいでしよう。（……）

これらの文中で小野は、さりげなく俳句表現の本質にも関わることを鋭く指摘している。その一つは、和歌（短歌）の七七（下の句）を切り捨てたことが、ひとつの「認識の革命」と呼んでもよいものであったこと。また一つは、俳句は情を抒べるというよりも、「考える詩」であるということだ。そして、続けて小野は次のように記している。

俳句を、抒情の内部に於ける批評の要素を最も強く意識した詩だという風に解釈しますと、同じくエリオットが詩論の中で云つている「創造に於ける批評精神は、詩に於ては思想の性質を動かすのではなくて情緒の性質を変えるのだ」という言葉も今日の俳人諸氏にとつて大いに参考とするに足ると思うのです。（……）

さらに、「情緒の性質を変える」ということは、「その詩のリズムの性質、韻の性質が変る」ことであると述べ、俳人の「十七字音感（勿論その破調も含めて）によりかかつた精神の秩序に対して破壊的に作用するほどいよいよ強力なものとなることを希望」すると、その当時の俳句に対する期待を語っている。

俳句形式に対する興味深い洞察を示しながらも、短歌や俳句における五七調の音数律を「奴隷の韻律」と呼び嫌悪しつづけてきた彼らしい論点の方へと、俳句への「希望」も絞りこまれてしまっているようだ。しかし、今日から見ると、この俳句の音韻に関する見解には、よく理解しがたい部分を含んでいることも否定できない。たとえば、ここで述べられている「詩のリズムの性質、韻の性質が変る」とは、どのような音韻論の水準と内容を指示そうとしていたのだろうか。また、「十七字音感によりかかつた精神の秩序に対して破壊的に作用する」とは、いかなる具体的な方法と作品による達成を思い描いていたのだろうか。

いうまでもなく俳句とは、五七五の音数律により構成される定型詩である。また、その発生には、和歌の七七（下の句）を切り捨てるという歴史的文脈を背負っている。さらに、明治近代に入り正岡子規により俳諧の付合から切り離されることで、五七五の独立した詩型として文字どおり〈発見〉されていった表現形式であることを忘れてはなるまい。

俳句の「五七五につまったこと」を「認識の革命」と捉え、また「考える詩」であると語り、俳句形式に内在するその批評的性格を小野は鋭く指摘しながらも、その短歌と共通する五七調の音数律――彼によれば「奴隷の韻律」につながるものを嫌悪するあまり、俳句のもつ音韻に対しても同じように嫌悪してしまったのではないのか。そこに、小野十三郎の「俳句的表現について」における、殊に音韻をめぐる箇所の理解しがたさ、そして若干の論理的な短絡を、今となっては指摘することもできよう。だが、小野も文中で指摘するように、俳句は五七五の音数律を持ちながらも、けっして「韻の自己陶酔」に落ち入ることのできない、極言すれば、そのことを禁じられた定型詩なのである。

しかし、ほぼ同時代において桑原武夫などが西洋の近代的芸術観を範としながら俳句総体を否定してしまった浅薄さに対して、小野の見解は、今日でも俳句形式の抱える根本的ともいえる命題と交差している点があることは確かだ。それは、くりかえすことになるが、和歌の七七（下の句）を切り捨てたことが詩型にとっての「認識の革命」であったということであり、その詩型の内部において「情緒の性質を変える」という、すぐれて今日的な課題でもあった。

＊

そして、小野十三郎の指摘した課題は、一九五〇年代から六〇年代にかけての戦後俳句――のちに社会性俳句、そして前衛俳句とも名づけられた作品営為の中に引きつがれていくことになる。なかでも、小野と同じ大阪に在住する鈴木六林男は、彼の提起した課題を、最も深く、そしてラディカルに展開してみせた俳人であった。

寒光の万のレールを渡り勤む
連結手大寒の地にすぐ戻る
吹操銀座昼荒涼と重量過ぎ
検車掛ら氷雨が来れば濡れて敲く
旗を灯に変える刻来る虎落笛
煙臭しこの機関士の永き冬

掲出した俳句作品は、六林男の第三句集『第三突堤』（一九五七年）に収められた「吹田操車場」をモチーフとする群作六十句の一部である。このモチーフとなった「吹田操車場」とは、「この屋根のない職場は総延長一二五粁、総面積七六万平方米。職員の殆どが歩き廻り熄みなく、昼夜の別なく貨車を捌いている。特に東部坂皐の連結手は一日平均四〇粁は歩くと言う」――そんな過酷をきわめる労働の場所である。

また、六林男は作品の背景について「昭和三十年ころ、私は人間と季語や季題でない季節、もっと正確にいえば人間と自然のかかわりについて考えていた。この課題をどこで具体化するか、ということになったとき、躊躇なく、略して吹操と呼ばれている吹田操車場を選んだ。」（鈴木六林男「定住者の思考」一九七九年）と自ら述べている。

もちろん、この「吹田操車場」という場所自体、これまでの俳句の吟行などの題材になるような場所では、けっしてない。昼夜なく四六時中、休むことなく動きつづける人間と機械、そして自然（時間）の三者が厳しく対峙しつづける場所である。戦後日本において、最も都市的と言ってもよい矛盾が顕在化する交通システムの基幹的な場所のひとつをモチーフとして選び取り、そのことにより従来の「季語や季題ではない」自然と人間の関わりを俳句形式の中で表現してみせようとした六林男の試み――。

それこそ、かつて小野十三郎が期待した「情緒の性質を変える」ための、俳句作品による具体的な実践といえるのではないだろうか。さらに、六十句という〈群作〉の発表スタイルもまた、これまでの一句の独立性、完結性に執してきた俳句の「精神の秩序に対して破壊的に作用」し、そして俳句表現の幅と奥行を広げ、深めるために用意された遠近法＝パースペクティブともいえる独自の構成的方法ではなかっただろうか。

ところで、いま六林男の作品を読みかえしてみて感じるのは、小野十三郎の詩作品に選び取られた風景との志向の類似性である。いや、この場合、単に類似性というのは適切でないかもしれない。小野は、一九三九年に刊行した詩集『大阪』、一九四三年刊行の詩集『風景詩抄』において、大工場地帯をバックに、その大阪湾岸に広がる荒涼とした「葦の地方」をくりかえし詩作品の中で表現してきた。ここでは、詩集『大阪』より代表的な一篇を引いてみたい。

明日　　小野十三郎

古い葦は枯れ
新しい芽もわづか。
イソシギは雲のやうに河口の空に群飛し
風は洲に荒れて
春のうしほは濁つてゐる。
枯れみだれた葦の中で
はるかに重工業原をわたる風をきく。
おそらく何かがまちがつてゐるのだらう。
すでにそれは想像を絶する。
眼に映るはいたるところ風景のものすごく荒廃したさまだ。

光なく　音響なく
地平をかぎる
強烈な陰影。
鉄やニツケル
ゴム　硫酸　窒素　マグネシウム
それらだ。

暗く沈んだ色の海、くすんだ灰色の工場群、そして深い葦でおおわれた風景——。このような風景こそ、かつてイギリスの作家、オルダス・ハックスリーによって「真ならざる姿」と呼ばれ、日本の未来はこの風景にかかっているといわれたものである。この「真ならざる姿」の中に、小野は〈精神〉に浸蝕されることのない〈物質〉を発見した。それは、自然の中に人間の本性を見出そうとする過去のヒューマニズムとその文化を否定する契機を発見すること、と言い換えてみてもよいだろう。

この〈精神〉に浸蝕されることのない〈物質〉＝モノの発見もまた、鈴木六林男が「吹田操車場」の俳句作品において、「季語や季題でない」自然と人間、機械の関わりの中で発見しようとしたものではなかっただろうか。たとえば、それは「寒光の万のレール」であり、「大寒の地」であり、「荒涼と重量過ぎ」であり、また「旗を灯に変える刻」であり、「煙臭し……永き冬」などであった。

この「吹田操車場」に続き六林男は、「自然と人間の調和の在り様」を書くことを意図として「大王岬」五十四句を発表している。

枕頭に波と紺足袋漁夫眠る
冬海へ煙遊ばす煙突《けむりだし》
為すこと多き身の白息を崖に吐き
鱶の鰭乾す老体を襲う濤
胸元に灯台すわる寒夜あけ
真水乏しはるか幾千の陽あたる墓

これらの作品について六林男は、「内なる自然としての性欲や食欲の対極にある造化への接近であった。荒い海浜の自然に対して、人間がどのように順応して生活を成りたたせているか。それを、それこそ自然な状態で把握しようと試みた。」（鈴木六林男「定住者の思考」一九七九年）と記している。一見すると、人工的な「吹田操車場」とは正反対に位置するモチーフに見えながら、ここでも単に愛でる「季語や季題ではない」自然と人間との関わりへと、作者のまなざしは注がれている。

さらに、六林男のこの方法的な試行は、第六句集『王国』（一九七八年）に収められた、石油化学コンビナートをめぐる群作「王国」――序章二十五句と合わせて七十六句に至って、おそらく小野も予測しえなかった新たな局面を切り開いていくことになる。

冬の日息をしているパイプの森
油送車の犯されている哀しい形
司祭者よ走りつづける陽気な油
凍る夜の塩化眠らぬエチルやビニル
氷雨の夜こんなところに芳香族
恋愛の貪欲のパイプ濡れてくる

この群作「王国」では、モチーフとして表出された対象は機械と油であり、人間の姿そのものは作品の背後へとしりぞき、機械と油だけが演じているように描かれている。だが、その「陽気」に精彩を放っているように見える油もまた、「季語や季題でない」自然のひとつとして選び取られており、また機械（石油化学コンビナート）に象徴される近代科学によって「犯されている」存在だ。さらに、その油には人間のメタファーとしての像＝イメージも、同時に重ねあわせて表現されていることを見逃してはなるまい。この「王国」について、六林男自身、次のように語っている。

「王国」は七十六句で構成した。対象は石油化学であったから、資料も多岐であった。若年で詩人として名を成したヴァレリイが、文学上の方法を求めて二十年間、高等数学の研究に没頭した。そのひそみにならって私も化学方程式やその産業につきあった。

「王国」序章の第一句目を書いたのは昭和四十年で、仕上げたのは昭和四十九年であった。十年間の四季にかかわったことになる。しかし、発表するときには、冬の一日に統一した。都合のいいように季語を入れ換えた。私の季語情況論の実践としてそれを行った。（……）

「王国」で書こうとしたことは、無休の機構と、その中に在る人間と機械と油がかもしだす、自然と人間への影響であった。

（鈴木六林男「定住者の思考」一九七九年）

この「発表するときには、冬の一日に統一した。」という六林男の述懐――その俳句手法の中に、小野十三郎の「詩（注・「葦の地方」）では、季節が晩秋ということになっているが、（……）実際に書いたのは、昭和十四年の元旦の朝であった。」（小野十三郎『奇妙な本棚　詩についての自伝的考察』一九六四年）という姿勢からの影響、もっと正確にいえば小野の詩作における作為を、その句作においてより意識化、先鋭化させた彼の方法論というべきものを、いま指摘することもできるかもしれない。

その方法論こそが、「僕にとって季語とは、環境であり、状況であり、さらにこれらよりも情況的である。言い方を換えれば、僕にとって季語とは、見える自然としての環境（状況）や見えない自然としての情況のなかから、わが季語情況論へ転移していく質のものである。」（鈴木六林男「壁の耳」一九七五年）と語られ、六林男独自の主体的な俳句手法の骨格のひとつを形成したものであった。

これまで見てきた「吹田操車場」や「大王岬」、そして「王国」などの群作は、それぞれ冬の季節に統一されており、作者の制作意図に従って「都合のいいように季語」は入れ換えられている。つまり、作者との主体的な関わりによって季語を捉え返し、そのことにより精度を高めた詩語として揚棄することを、六林男は〈情況〉としての季語と呼んだのである。このように季語を自在に「入れ換え」、その俳句作品をより明確な像へ導くための装置として活用する六林男の「季語情況論」こそ、それまでの〈有季定型〉という慣習的と言ってもよい制度を脱構築し、〈群作〉という俳句的遠近法＝パースペクティブを、その内部からも構造的に保証するものであった。

そして、一般的（＝大衆的）な俳句の約束事とされている季語という要素を、このように新たな俳句的パースペクティブを獲得するための装置へと変換することが可能であったのは、「僕と俳句のかかわりは、季の無い俳句からの出発」であり、「生きて元の場所に戻ってから、季の無い俳句の地続きに季のある俳句の世界が在るのを確実に知った」（鈴木六林男「短い歴史」一九七五年）と彼自身も述べるように、その俳句の出発において、〈有季定型〉に対する異人＝ストレンジャーとしての位置を自ら六林男が選んでいたためであるに違いない。言い換えれば、〈有季定型〉という制度の〈外部〉から関わりをもった彼であるからこそ、制度に囚われず季語と俳句形式の可能性を遠方へと伸ばすことができたのである。その意味において、六林男の「季語情況論」は、「無季俳句の方法は、俳句の骨格を知るのに役立つ。」（鈴木六林男「季の無い俳句の背後」一九七八年）と語る彼の無季俳句論とも切り離せない関係にあり、まさに六林男俳句というメダルの表と裏といってもよい性格を含んだものであるといえよう。

ともあれ、六林男は七十六句におよぶ「王国」において、それまでの俳句という「精神の秩序」からは遠く隔たっているように見える石油化学コンビナートというモチーフを、「情緒の性質」を変えた異形の像＝イメージとその俳句的パースペクティブとして、俳句形式の中に鮮やかに映し出して見せた。

しかし、その俳句作品において「情緒の性質」の変革を実現させたものは、小野十三郎の語るような「リズムの性質、韻の性質が変る」ことによってでは必ずしもなく、新たな俳句的遠近法＝パースペクティブを実践する〈群作〉という構成的方法とそれを内実化する「季語情況論」であり、また一方で、俳句という固有の定型自体を、ひとつの詩的表現の自在さへと変換する、したたかといってもよい鈴木六林男の技術＝思考であった。

〈モノ〉とリアリズム

戦前に執筆され、今もなお名著と呼ばれるシュルレアリスト、瀧口修造の『近代芸術』。いま手元にあるのは、一九六二年に美術出版社から再刊されたものだ。まずは、第三部の掉尾に収められた「狂花とオブジェ」という題のエッセイに記された興味深い指摘を紹介したい。

物に即して詠むことは、万葉以来の詩歌の伝統のひとつとも言えるが、俳諧発句にいたって、叙述が最小限に還元され、イメージは純化強調され、物体が突出する。

日本は独特な物体詩の国であった。「讃」の精神もそれに通じている。芭蕉が、「物一つ瓢《ひさご》は軽き我が世かな」と讃した瓢簞なども、侮蔑的なユーモラスな形態をした自然のオブジェのひとつである。（……）

この瀧口による「物体詩」という指摘は、今日から見返してみても、俳句という詩型の根幹に関わる〈寄物陳思〉と呼ばれる技法と、そのポエジーの特質を捉えた卓見と言えるだろう。また、例句として掲げられた芭蕉の句の「瓢《ひさご》」も、ほんらい秋の季題であるにも拘わらず、そのことよりもユーモラスな形態をした「自然のオブジェ」、つまり主観を排した〈モノ〉として取り上げられていることは見逃すことはできない。

とりわけ、この一文で瀧口が指摘する「叙述が最小限に還元され、イメージは純化強調され、物体が突出する」というくだりを読み返すたび、わたしに鈴木六林男の俳句における或る一群の作品を想い起こさせる。

遺品あり岩波文庫「阿部一族」　『荒天』
かなしきかな性病院の煙突《けむりだし》
いつまで在る機械の中のかがやく椅子　『櫻島』

初期の著名な作品から抄出したが、いずれも無季である。六林男の無季句においては、その多くの場合、〈いつ／どこで／何が／どうした〉の〈いつ（季）／どこで（場所）〉が省略されている。そのため〈何が／どうした〉だけで一句を書き切るため、〈何が〉という対象だけが前景化し、いきおい露出するのである。「岩波文庫「阿部一族」」であり、「性病院の煙突《けむりだし》」であり、「かがやく椅子」が、それに当たる。そのことを瀧口の評文に引きつければ、「物体が突出する」と言いかえてもよいであろう。ここでは、とりわけ二句目――「かなしきかな性病院の煙突《けむりだし》」についてこだわってみたい。

この作品は、六林男の社会性俳句の代表作として取り上げられることが多いが、その背景については、すでに川名大によって詳細に記されている（川名大『現代俳句　上』二〇〇一年）。それに依れば、敗戦直後の占領軍に対する性的慰安施設の開所をきっかけに、昭和二十年代始めには一般にも性病が爆発的に蔓延し猖獗を極めていたと言う。現在から見れば、「性病院」という呼称は、けっして馴染みのあるものではないけれども、敗戦直後における庶民の生活感情と切り離せない存在であったことをうかがわせる。

そのような猥雑な「性病院」に対して、作者の眼は「煙突《けむりだし》」という、ひとつの〈モノ〉へと絞りこまれる。おそらく「煙突《けむりだし》」からは、患者たちの食事を用意する煙が立ち昇り、そして羅患した患者の着衣や医療用の廃棄物なども煙となっていたのではないだろうか。まさに「煙突《けむりだし》」は、「性病院」にいる人間たちの生理を象徴するものとして切り取られているのだ。さらに「煙突《けむりだし》」には、川名も指摘するように男性器のメタファーさえ含意しているのかもしれない。もちろん一句の光景からは、バラックが立ち並ぶ敗戦直後の下町の都市空間のイメージも彷彿させるが、当時の実景であるとともに、六林男自身が影響を受けたと語る詩人の小野十三郎の眼差しと共通する志向を、そこに認めることができる。

小野自身が〈モノ〉に即して語るという詩風を確立したとされるのは、戦前に刊行された詩集『大阪』（一九三九年）と『風景詩抄』（一九四三年）である。なかでも、詩集の冒頭にダ・ヴィンチの「瞳は精神よりも欺かれることが少ない」の言葉を掲げた『風景詩抄』には、明らかに「煙出し」がキーモチーフとなる詩作品が収められている。

大葦原の歌　小野十三郎

泥溝《どぶ》は
川にながれ
川は海に入る。
葦は穂波をうつて
街の周辺に押しよせてゐる。
雨水の浸みこんだ電柱は
乾きもやらず
葦切が啼く広いさびしい道が
地平につづいてゐる。

或る日
街の屋根から
小さな細い一本の煙出しが
海の方を見て云つた。

きみのところはなんとしづかなんだ。
陽が照つてゐるのに
洗濯物も干さない。
かまはないの。

海の方には
巨大な煙突がななめに重なつて
煙を吐いてゐた。

この詩篇は、集中の著名な連作「葦の地方」や「重工業抄」の冒頭に置かれた作品である。まず注目されるのは、「一本の煙出し」が擬人的に描かれ、海の方にある「巨大な煙突」との対比の中で捉えられていることだ。この「一本の煙出し」が庶民の生活が営まれる街場にあるのに対し、「巨大な煙突」は戦前に数多くの軍需工場が造られた湾岸部にある。「一本の煙出し」による、「陽が照つてゐるのに／洗濯物も干さない。／かまはないの。」という一見あどけない問いかけには、「巨大な煙突」が象徴する軍国化にひたすら突き進む時代への強かな抵抗や批判さえ潜んでいるはずである。

この「一本の煙出し」による無垢で印象的な問いかけを踏まえるならば、六林男の句における「かなしきかな」という感情の表出にも、たんに悲しいや哀しいというだけでなく、庶民の生活に対する愛《かな》しみさえ含まれていたのではなかろうか。そして、一本の「煙出し」という〈モノ〉を通じて、戦前の小野十三郎と戦後の六林男の眼差しが交差し、響き合うように感じるのだ。
しかし、小野の詩も、六林男の俳句も、直截な告発や弾劾などというクリシェからは免れている。それは、あくまで「煙出し」という〈モノ〉に即しながらも、その〈モノ〉の裸形によってこそ語らせようとする、言わば異邦の眼差しによって表現主体が担保されているためではないだろうか。そのことについては、エマニュエル・レヴィナスの一節に即しながら小野の詩を語る、季村敏夫の一文が多くの示唆を与えてくれている。

「もの」にとっての裸形は、現在の余剰のことなのだというレヴィナスの言葉は、そっくりそのまま「葦の地方」にあてはまるのではないだろうか。小野もまた、海から眺めた大阪湾沿岸地帯の、煤煙や屑、廃棄物という裸形に囲繞された工業地帯を、存在の余剰として異邦的にとらえていた。だからこそ戦時下で、独自な視点を持ち続けることが出来たのだ。(……)
(山田兼士、細見和之編『小野十三郎を読む』、二〇〇八年所収)

まさに、戦時下の小野の詩業をめぐる卓見と言えよう。なお、この文章の前段において季村が引用しているのが、つとに難解なことで知られるレヴィナスの主著『全体性と無限』の次の一節である。(ちなみに季村によれば、この一節は熊野純彦『レヴィナス入門』(一九九九年)からの引用であると言う。）

個別的な「もの」は、ある面で工業都市に似ている。工業都市にあっては、いっさいが生産という目的のために適合させられている一方で、工業都市は煙にみち、屑と悲しみにあふれて孤立しているのだ。「もの」にとっての裸形とは、その「もの」の存在が目的にたいして有する余剰のことなのである。

（『全体性と無限』より）

このレヴィナスの存在に対する余剰という言葉を踏まえるならば、鈴木六林男の戦後を代表する句業のひとつである群作「吹田操車場」（『第三突堤』一九五七年）、さらには石油化学コンビナートを対象とした群作「王国」（『王国』一九七八年）などの俳句作品に表象された〈モノ〉の在りようとも、明らかに共鳴・共振する質を含んでいるのではないだろうか。

寒光の万のレールを渡り勤む

「吹田操車場」

点在の制動靴のみ白き冬

吹操銀座昼荒涼と重量過ぎ

冬の日息をしているパイプの森

「王国」

油送車の犯されている哀しい形

これらの作品を読んで、まず気づかされるのは〈モノ〉に対する六林男の眼差しが、ほとんどその世界に紛れこんだ異邦者のものとなっていることだ。つまり、分刻みの発着を支える鉄道システムの中核をなす「吹田操車場」という場所をめぐる〈モノ〉、あるいは複雑きわまる巨大な石油化学コンビナートの世界における〈モノ〉、それぞれに対し自らの肉体という〈モノ〉をその場所に置き、晒すことによって、あらためて外部からの異邦と呼びうる眼差しを獲得しようとしていると言ってもよいだろう。そのことによって、単なる素材主義に堕することも、特定のイデオロギーにからめとられることも回避しているのだ。

おそらく、このような外部=異邦の位置取りこそ、かつて小野十三郎が『大阪』や『風景詩抄』で獲得したリアリズムの骨法から六林男が深く摂取したものではなかっただろうか。すなわち、それは小野の「あるがままを書くのが、ありのままでありたくないのを打ち出すため（『詩論』26）」に求められた批判的なリアリズムである。それは、さらに「物たちや物質の横に人影など見当らないそこは、人が物に、物が人になったり、主体の内部と外部も入れ変わりさえする——そのように幻想的・観念的であることで現実的な世界である」（葉山郁生「小野十三郎詩集『大阪』について」、『書くエロス・文学の視座』二〇〇六年所収）ことを透視し把握するための、ほんらいのシュルレアリスムにも通底するような、まさに裸形の現実——強度《シュル》の現実《レアリテ》としての超現実を露呈させうるラディカルな方法意識を孕んだものでもあったのではなかろうか（巖谷國士『シュルレアリスムとは何か』二〇〇二年参照）。

最後に、小野十三郎の詩論からの影響を受けるなかで、六林男が記した俳句のリアリズムをめぐる論の一節を引いておきたい。

子規からはじまった写生を素朴な意味でのリアリズムとするなら、今日の俳句は外部に見えるものとして存在する現実に限らず主として内部に存在するものとしての意識や印象と外部との関係を綜合的に把握し、態度としては全人間的な生き方としてこれを作品に定着しようとする。言い方を換えると、可視的、体験的なリアリティーのみを頼りにせず、むしろそれらを捨象して対象から一旦切り離したところから、作者の内部に構築された経験（体験ではない、体験のつみかさねとしての経験）を表現しようとする。（……）

（「俳句のリアリズム」一九七五年、『定住游学』所収）

鈴木六林男　百二十句

高橋修宏抄出

＊印は、『鈴木六林男の百句』（ふらんす堂）未収録作品。

『荒天』一九四九年刊

早雲手紙は女よりきたり
蛇を知らぬ天才とゐて風の中
失語して石階にあり鳥渡る
長短の兵の痩身秋風裡
負傷者のしづかなる眼に夏の河*
ねて見るは逃亡ありし天の川
会ひ別る占領都市の夜の霰
遺品あり岩波文庫「阿部一族」
をかしいから笑ふよ風の歩兵達
射たれたりおれに見られておれの骨
墓標かなし青鉛筆をなめて書く*
英霊とゆられまぶしき鱶の海*

生き残るのそりと跳びし馬の舌
牡丹雪地に近づきて迅く落つ
かなしきかな性病院の煙突《けむりだし》
深山に蕨とりつつ亡びるか
議決す馬を貨車より降さんと
僕ですか死因調査解剖機関監察医
暗闇の眼玉濡さず泳ぐなり
わが女冬機関車へ声あげて*
木犀匂う月経にして熟睡なす
夜の芍薬男ばかりが衰えて
傷口です右や左の旦那さま
硬球を打つ青年の秋の暮*

『谷間の旗』一九五五年刊

遠近にヘリコプター泛き凶作の田
五月の夜未来ある身の髪匂う
寒光の万のレールを渡り勤む
吹操銀座昼荒涼と重量過ぎ*
放射能雨むしろ明るし雑草と雀
枕頭に波と紺足袋漁夫眠る
降る雪が月光に会う海の上
真水乏しはるか幾千の陽あたる墓*
擦過の一人記憶も雨の品川駅
いつまで在る機械の中のかがやく椅子
戦争が戻ってきたのか夜の雪
見つめられ跳ねまわる馬寒い五月*

『第三突堤』一九五七年刊

『櫻島』一九七五年刊

青年に虚無の青空体使う
ひとり見る一人の田植雨の中
遠景の桜近景に抱擁す
暗い地上へあがつてきたのは俺かも知れぬ
殺された者の視野から我等も消え
月の出や死んだ者らと汽車を待つ
凶作の夜ふたりになればひとり匂う
鳩雀鳶千羽鶴塔娼婦
水の流れる方へ道凍て恋人よ
わが死後の乗換駅の潦
白昼や水中も秋深くなる
夕月やわが紅梅のありどころ

女来て病むをあわれむ鷗外忌
殉死羨し西には松と中学校
池涸れる深夜　音楽をどうぞ
滝壺を出ずに遊ぶ水のあり
自然に橋を架け夜は埋もれる＊

『國境』一九七七年刊

天上も淋しからんに燕子花
燭光や地獄にのびて新樹の根
裏口に冬田のつゞく遊び人
寒鯉や見られてしまい発狂す
千の手の一つを真似る月明り
幼木にして一本の紅葉す
男より迅く消えさり曼珠沙華

『王国』一九七八年刊

油送車の犯されている哀しい形
司祭者よ走りつづける陽気な油
氷雨の夜こんなところに芳香族＊
寝ているや家を出てゆく春の道
山茶花のいづれの方に国の恩
髪洗う敵のちかづく音楽して
奇術師や野分の夜は家にいて
戦争と並んでいたり露の玉

『後座』一九八〇年刊

秋深む何をなしても手の汚れ
満月の血まみれ軍医なり瞑る
いくとせを鯨と呼ばれ陸の奥＊
妹よ淀は砂漠の水車＊

『悪霊』一九八五年刊

デルタより吹雪けり全滅の中隊
還ることのみを願えり塩の柱
昼寝よりさめて寝ている者を見る
墓の前オートバイ立て行方知れず
夕ぐれのスワンの不安白梅も*
まだひとり比良の八講荒れやまず*
右の眼に左翼左の眼に右翼
まっすぐに差す手のあわれ風の盆
少年や父には冬の滝かかり
満開のふれてつめたき桜の木
男名の山は老いつつ鹿の声
ひとりの夏見えるところに双刃の剣

『傢賊』一九八六年刊

鰐トナリ原子爆弾ノ日ノ少女

全病むと個の立ちつくす天の川

言葉ありまた末枯をさずかりし

終戦日円から角に西瓜切られ

夜咄は重慶爆撃寝るとする

逆縁の深沈として兜虫＊

地球儀に空《そら》のなかりし野分かな

陰に麦耳に粟以後木守柿

地雷踏む直前のキャパ草いきれ

短夜を書きつづけ今どこにいる

月の出の木に戻りたき柱達

河の汚れ肝臓に及ぶ夏は来ぬ

『雨の時代』一九九四年刊

冬の日の言葉は水のわくように
さみだるる大僧正の猥談と
花籌戦争の闇よみがえり
永遠に孤りのごとし戦傷《きず》の痕
地の闇にきざはし垂らす薪能
遠くまで青信号の開戦日
鬱鬱と定型帝国去年今年
溶けながら考えている雪達磨
万葉に何を加えし落し文*
米国の一州として米《よね》こぼす
運命の通りすぎたる苗木市*
われわれとわかれしわれにいなびかり

『一九九九年九月』
一九九九年刊

日光のあと月光の沈丁花
オイディプスの眼玉がここに煮こごれる
動くもの卑しく雪の関が原
視つめられ二十世紀の腐りゆく
何をしていた蛇が卵を呑み込むとき
もの陰に怺えてことば達の秋
病む力まだあるらしく秋暑し*
淡海また器をなせり鯉幟
花ユッカ湖のマタイ伝第五章*
蜿《えん》蜒《えん》とカラオケ俳壇去年今年*
ひと筋の傷のようなる初明り
人の日を振り向けばなし影《かげ》形《かたち》

未刊句集『五七四句』
〜二〇〇四年

後記に代えて

本書は、鈴木六林男について二十年余りにわたり書きつづけてきた文章をまとめたものである。そのサブタイトルに「六林男を巡る」と記したのは、論稿ばかりでなくエッセイのような文章も配しているため、鈴木六林男という表現者をめぐって、たとえば遊歩（ベンヤミン）するようにどこからでも読んでいただければとの想いから付けたものである。

Ⅰの章は、二〇〇二年から二〇〇八年の間に書いたもの。本文でも示したように、〈戦争〉、〈季語〉、〈群作〉という各々の視点から鈴木六林男を捉え返そうとした。すでに拙著『真昼の花火現代俳句論集』（二〇一一年）に収めた諸稿であるが、彼の書が少部数であったため、いくつかの手直しをして本書の冒頭に収めた。

Ⅱの章は、二〇一六年に「山河」（山本敏倖代表）誌上で三回連載したことを皮切りに、その後「連衆」（谷口慎也発行）誌上で断続的に、また二〇一九年に鈴木六林男の生誕百年を記念し個人編集誌「五七五」四号に掲載したエッセイを中心に収めている。

Ⅲの章は、その後の個人編集誌「五七五」に掲載した比較的長めの論稿を収めている。なかには、Ⅰの章のテーマや課題である〈戦争〉、〈季語〉を、ときに反復しながら、新たな考察や異なった知見を提示したつもりである。また Ⅳの章では、鈴木六林男が自身も多くの影響を受けたと語ってきた詩人の小野十三郎からの影響や関係などを、〈群作〉やリアリズムの観点から再考しようとした文章を収めている。

とりわけ、Ⅱの章以降に収めたエッセイや論稿は、三・一一東日本大震災を経るなかで、それまでとは明らかに異なった手触りを伴って、鈴木六林男の俳句作品が立ちあらわれてきたことを契機としている。かつて武良竜彦氏に、「五七五」四号に対して、そのブログ（note）において〈震災後詩学〉というキーワードを用いて丁寧に論評していただいたことがある。そのような地点まで果たして届いているかどうかは、いま本書の読者の判断にまかせるしかない。ただ、今から振り返って、六林男をめぐって書きつづけてきた理由と呼べるものがあるとしたら、次の一点であったように想える。

現代の〈戦後の〉俳句にとって、鈴木六林男とは如何なる存在であったのか——。

たとえば、六林男を戦争俳句という範疇において、その評価を定説化しようとすると、はみ出してしまうものがある。あるいは、戦後の社会性俳句という状況において捉え返そうとすると、やはり違和感の方が優ってしまう。そんな六林男評価に付きまとう〈余剰〉や〈異和〉を、彼自身の句作行為の単独性として取り出してみること、そして〈戦後俳句〉と呼ばれるひとつの可能性の中心として考えてみることが、本書全体を通底するテーマであった。そのことについて、本書には収めきれなかった想いを「五七五」誌の後記などに記した文章を二つ、ここでは抄録しておきたい。ひとつは四号（二〇一九年）に、あとひとつは十号（二〇二二年）に収めたものである。

＊

鈴木六林男の想い出として忘れがたいこと。そのひとつだけを記すとすれば、やはり二〇〇二年、わたしが現代俳句評論賞を受賞した現代俳句協会名古屋大会のことである。

受賞作は、「鈴木六林男――その戦争俳句の展開」。そのこともあってか、わざわざ大阪から駆けつけてくださったのである。

六林男先生が、セレモニー後の懇親会の会場に姿を見せたとき、まず声を上げたのは、当日の記念講演を行った金子兜太氏であった。

「おっ、六林男が来たぞ」。

兜太氏にうながされるように六林男先生は椅子に座り、続いて小川双々子氏が丁寧に迎えた。そばにいたわたしは、計らずも三人の輪の中に入ってしまい、まさに関西、東海、関東における戦後俳句の巨匠たちの中で対座してしまったのである。

そのときである。兜太氏がわたしに向かって、

「君、六林男の〈暗闇の眼玉濡さず泳ぐなり〉という俳句があるだろ。俺は、あの句に刺激を受けて〈暗闇の下山くちびるをぶ厚くし〉を作ったんだよ」。

と、語ってくれたのだ。わたし自身、「ああ、そうなんですか」ぐらいしか応えられなかったように思う。

ただ兜太氏の卒直さに驚くと共に、六林男への友情と競争心を垣間見ることができた一時であった。

＊

今日から見れば、同じ「暗闇」という言葉を含んだ二つの俳句には、その後の六林男と兜太を隔てる明らかな相異を見てとることができよう。

六林男の一句では、その「眼玉」とは何ものであるのか、誰が「泳ぐ」のか明かされぬまま、鮮烈に作品は断たれている。一方、兜太の一句では、その晩年に至るまで彼が語りつづける肉体感覚というものが、その根底に「ぶ厚く」据えられているはずである。

「暗闇」をめぐる二つの俳句の隔たりと、その間に広がるものこそ、戦後俳句と呼ばれる荒涼とした領土のひとつであったと、いま差しあたり考えてみることもできるのかもしれない。

わたしたちは、その荒々しく豊饒な領土を、どのように見ればよいのか。語りつづけることができるのか。あるいは、すでに見失ないつつあるのだろうか。

（「五七五」四号、編集後記より）

*

これまで、折りにふれ鈴木六林男の俳句を読み返してきたが、最晩年の作品と呼べるものに、次の一句がある。

人の日を振り向けばなし影《かげ》形《かたち》　六林男

「人の日」とは、古来中国から伝わってきた吉凶を占う日のひとつ。元日から順に、鶏、狗、猪、羊、牛、馬、人、そして穀物となる。つまり一月七日は、その年の人間世界の運勢を占う日。そんな人間にとって大事なはずの日に、ふと振り返ってみると自分の影も形も、何もかも消え去っていたという句意である。

この一句について宗田安正氏は、その著書『最後の一句』の中で、「凄絶。まさに絶唱」とも記している。だが、この最後の一句をめぐって、わたしは、どことなく了解しがたい想いを打ち消すことができなかった。かつて「俳句の中で立ったまま死にたい」と語り、また他方で西東三鬼の名誉回復裁判などに尽力してきた六林男らしくないではないか。余りに、淋しすぎないかという想いや疑問が、胸中にわだかまりつづけてきたのである。

*

しかし、川村二郎の美しいエッセイ『白山の水――鏡花をめぐる』について、松浦寿輝氏が語る言葉の中に、わたしの疑問が氷解していくような想いが与えられた。

それは、十歳頃の川村が、戦前の東京から移り住み丸一年過ごした金沢の思い出――学校の行事で山を巡るスキー行進の失敗談を綴った中にある「名前も顔も忘れた。ひょっとすると、いなかったのかもしれない」という一節をめぐりながら、次のように記す箇所である。

（……）そのさりげない疑いには、老いという現象の核心を衝く認識が籠められているのではなかろうか。そこではいっさいの「有」が「無」と化す死という絶対的異界を間近に感じる年齢に至って、人は自分自身も、自分と縁のあった人々も、自分が過去にやってきた営みのすべても、「有」と「無」のあわいに揺れる影のように見えはじめ、「ひょっとすると……」という呟きを思わず知らず洩らしてしまうのではあるまいか。もっと言うなら、その呟きの中にたぶん、老いにのみ固有の幸福というものの可能性を示唆するヒントもまた潜んでいる……

（松浦寿輝『黄昏客思』より）

とりわけ強く打たれたのは、「老いにのみ固有の幸福というものの可能性」という一節であった。むろん、わたし如きには容易に解りがたいことであるが、六林男の最晩年もまた、「ひょっとすると……」という呟きの中に、どこか凄絶でありながらも、その老いにのみ固有の幸福というものの可能性に触れていたのかもしれない。

（「五七五」十号、日々余滴より）

＊

さらに、本書が出来上がるまでの忘れがたいエピソードをひとつだけ紹介しておきたい。とりわけ印象深かったのは、鈴木六林男の生誕百年を記念した「五七五」四号を齋藤愼爾氏にお送りしたときのこと。その直後に齋藤氏より、これまでの鈴木六林男に関する論稿と合わせて一刊にしないかというお申し出を頂いたことである。そのときはまだ、いくつかの書くべきテーマがあり丁重にお断りしたが、ただ、齋藤氏の目に留まったことは、その後の六林男論を書き続ける支えのひとつとなってきたことは確かである。

また、ご多忙にも拘らず、本書に対し、過分な帯文を賜った批評家で俳人でもある井口時男氏に厚く御礼を申し上げたい。

最後に、本書の刊行に力を注いでいただいた山岡喜美子氏をはじめ、ふらんす堂の皆さまに心より深謝したい。

二〇二四年九月

高橋修宏

引用参考文献

『鈴木六林男全句集』一九七八年（牧神社）

『鈴木六林男』一九九三年（春陽堂・俳句文庫）

『鈴木六林男句集』二〇〇二年（芸林書房・芸林21世紀文庫）

『鈴木六林男全句集』二〇〇八年（鈴木六林男全句集刊行委員会）

『現代俳句全集３』一九七七年（立風書房）

『鑑賞現代俳句全集　第十一巻』一九八一年（立風書房）

鈴木六林男『定住游学』一九八二年（永田書房）

坪内稔典『過渡の詩』一九七八年（牧神社）

坪内稔典『俳句　口誦と片言』一九九〇年（五柳書院）

夏石番矢『俳句のポエティック』一九八三年（静地社）

谷山花猿『戦争と俳句』一九八四年（現代俳句協会）

高柳重信『高柳重信全集２』一九八五年（立風書房）

久保純夫『スワンの不安　現代俳句の行方』一九九〇年（弘栄堂書店）

宇多喜代子『つばくろの日々　現代俳句の現場』一九九四年（深夜叢書社）

川名大『昭和俳句　新詩精神《エスプリ・ヌーボー》の水脈』一九九五年（有精堂）

川名大『現代俳句　上』二〇〇一年（ちくま学芸文庫）

宗田安正『昭和の名句集を読む』二〇〇四年（本阿弥書店）

宗田安正『最後の一句』二〇一二年（本阿弥書店）

林桂『俳句・彼方への現在』二〇〇五年（詩学社）
葉山郁生『書くエロス・文学の視座』二〇〇六年（編集工房ノア）
高橋修宏『真昼の花火　現代俳句論集』二〇一一年（草子舎）
「現代俳句作家の相貌シリーズ13　鈴木六林男」俳句研究一九六九年四月号
「鈴木六林男　特集」俳句研究一九七六年九月号
「鈴木六林男論　特集」俳句研究一九八二年七月号
「特集　鈴木六林男」花曜一九八九年九月号
「30周年記念特集　鈴木六林男句集を読む」花曜二〇〇〇年二月号〜一二月号
「特集　鈴木六林男」花曜二〇〇二年九月号
橋本直「鈴木六林男参考文献目録」二〇〇九年（神奈川大学・国際経営論集37号）

Ⅰ

『日本古典全書　山家集』一九四九年（朝日新聞社）
高濱虚子『俳句読本』一九五一年（創元文庫）
塚本邦雄『百句燦燦』一九七四年（講談社）
吉本隆明『戦後詩史論』一九七八年（大和書房）
高柳重信『日本海軍』一九七九年（立風書房）
宮沢賢治『新編　銀河鉄道の夜』一九八九年（新潮文庫）
『坂口安吾全集5』一九九八年（筑摩書房）
小川国夫「鈴木六林男の俳句」一九七七年（『現代俳句全集3』所収）

三橋敏雄「淀は砂漠の水車」俳句一九八五年八月号
高澤晶子「鈴木六林男の現在」花曜一九九七年八月号
白井房夫「鈴木六林男の一句」花曜一九九九年一月号
仁平勝「『戦後俳句』再考」一九九八年（俳句朝日増刊）
仁平勝「秋の暮論」一九九一年（『秋の暮』沖積舎所収）
岡田耕治「『荒天』血と泥の中から」花曜二〇〇〇年八月号
石戸多賀子「『悪靈』について」花曜二〇〇〇年五月号
谷川雁「一九四〇年代初期匿名コラム」現代詩手帖二〇〇二年四月号
宗田安正「鈴木六林男管見」俳壇二〇〇五年四月号
「大特集・古典となった戦後俳句」俳句二〇〇七年八月号

Ⅱ

武満徹『樹の鏡、草原の鏡』一九七五年（新潮社）
東松照明『I am a king』一九七二年（写真評論社）
東松照明「組写真から群写真へ」一九七〇年（『アサヒカメラ教室　第3巻』朝日新聞社所収）
『日本の写真家30東松照明』一九九九年（岩波書店）
間章『時代の未明から来たるべきものへ』一九八二年（イザラ書房）、二〇一三年再刊（月曜社）
多木浩二『生きられた家』一九八四年（青土社）
高柳重信『俳句の海で「俳句研究」編集後記集』一九九五年（ワイズ出版）
南蔦宏『豚と福音』一九九七年（七賢出版）

南嶌宏『最後の場所』二〇一七年（月曜社）
ヴァルター・ベンヤミン／小寺昭次郎編訳『ベルリンの幼年時代』一九七一年（晶文社）
ヨシフ・ブロツキー／金関寿夫訳『ヴェネツィア　水の迷宮の夢』一九九六年（集英社）
ジャック・デリダ／鵜飼哲訳『動物を追う、ゆえに私は（動物で）ある』二〇一四年（筑摩書房）
ジョルジュ・バタイユ／酒井健訳『ヒロシマの人々の物語』二〇一五年（景文館書店）
夏目深雪「国境に向かう道」二〇一五年（『国境を超える現代ヨーロッパ映画250』河出書房新社所収）
中沢新一「俳句のアニミズム」現代俳句二〇一六年二月号
「坂本龍一インタヴュー」婦人画報二〇一七年五月号

Ⅲ

『鮎川信夫詩集』一九六八年（思潮社・現代詩文庫）
『続・鮎川信夫詩集』一九九四年（思潮社・現代詩文庫）
『石原吉郎詩集』一九六九年（思潮社・現代詩文庫）
『続・石原吉郎詩集』一九九四年（思潮社・現代詩文庫）
富士正晴『帝国軍隊に於ける学習・序』一九六四年（未来社）
中谷寛章『眩さへの挑戦』一九七五年（序章社）
九鬼周造『「いき」の構造』一九七九年（岩波文庫）
北川透『中野重治』一九八一年（筑摩書房）
松浦寿輝『スローモーション』一九八七年（思潮社）
河合隼雄『影の現象学』一九八七年（講談社学術文庫）

井口時男『悪文の初志』一九九三年（講談社）
『坂口安吾全集5』一九九八年（筑摩書房）
尾形仂編『芭蕉必携』一九九五年（學燈社）
尾形仂ほか編『新編　芭蕉大成』一九九九年（三省堂）
高橋睦郎『柵のむこう』二〇〇〇年（不識書院）
金時鐘『朝鮮と日本を生きる』二〇一五年（岩波書店）
南蔦宏『最後の場所』二〇一七年（月曜社）
四方田犬彦『詩の約束』二〇一八年（作品社）
現代俳句協会編『21世紀俳句パースペクティブ』二〇一〇年（現代俳句協会）
ヨシフ・ブロツキイ／沼野充義訳『私人』一九九六年（群像社）
ジョルジュ・バタイユ／酒井健訳『エロティシズム』二〇〇四年（ちくま学芸文庫）
ジャン＝ポール・サルトル／松浪信三郎訳『存在と無Ⅱ』二〇〇七年（ちくま学芸文庫）
パウル・ツェラン／飯吉光夫編・訳『パウル・ツェラン詩文集』二〇一二年（白水社）
多木浩二「知の頽廃」プロヴォーク1、一九六八年・二〇一二年再刊（二手舎）
倉橋健一「蠟燭の忍耐『荒天』ノート」花曜一九七八年一〇月号
宗田安正「鈴木六林男の俳句」花曜二〇〇五年終刊号
高山れおな「本質論、ではなく」澤二〇〇七年八十三号
澤好摩「鈴木六林男を読む」円錐二〇〇八年三十七号
江里昭彦「後退戦が人生の過半を占めるとき――『鈴木六林男全句集』小論」鬣二〇〇九年三十一号
中里勇太「記録文学論④『パウル・ツェラン詩文集』」neoneo web、二〇一二年

松王かをり「未来へのまなざし――「ぬべし」を視座としての「鶏頭」再考」現代俳句二〇一七年一〇月号
星野太「俳句をめぐる四つの命題」五七五2号、二〇一九年

Ⅳ

小野十三郎『詩論＋続詩論＋想像力』二〇〇八年（思潮社）
小野十三郎『奇妙な本棚　詩についての自伝的考察』一九六四年（第一書店）
小野十三郎『短歌的抒情』一九五三年（創元新書）
『小野十三郎詩集』一九八〇年（思潮社・現代詩文庫）
瀧口修造『近代芸術』一九六二年（美術出版社）
桑原武夫『第二芸術』一九七六年（講談社学術文庫）
熊野純彦『レヴィナス入門』一九九九年（ちくま新書）
巖谷國士『シュルレアリスムとは何か』二〇〇二年（ちくま学芸文庫）
山田兼士、細見和之編『小野十三郎を読む』二〇〇八年（思潮社）
葉山郁生「小野十三郎詩集『大阪』について」二〇〇二年（『書くエロス・文学の視座』所収）

著者略歴

高橋修宏（たかはし・のぶひろ）

1955年　東京都生まれ。現在、富山市在住。
1997年　鈴木六林男に師事。「花曜」に入会。
2000年　第7回西東三鬼賞受賞。
2001年　第2回現代俳句協会年度作品賞受賞。
2002年　第31回花曜賞受賞。
　　　　第22回現代俳句評論賞受賞。
2003年　第32回花曜賞受賞。
2004年　第17回北日本新聞芸術選奨受賞。
2005年　第23回現代俳句新人賞受賞。
2006年　「光芒」創刊に参加（2008年終刊まで編集人）。
2010年　俳誌「五七五」創刊。
2021年　令和三年度富山県功労表彰（文化）。

句集『夷狄』（2005年）、『蜜楼』（2008年）、『虚器』（2013年）。

評論集『真昼の花火　現代俳句論集』（2011年）、『鈴木六林男の百句』（2023年）。

詩集『水の中の羊』（2004年、北陸現代詩人奨励賞）など5冊。

共著『新現代俳句最前線』（2014年）ほか。


現在、俳誌「五七五」編集発行人、「豈」同人。

現代俳句評論賞（~2023年）、高志の国詩歌賞、口語詩句賞選考委員。

現代俳句協会評議員、日本現代詩人会会員。

現住所　〒939-8141　富山市月岡東緑町3-52

暗闇の眼玉　鈴木六林男を巡る

二〇二五年三月二一日　初版発行

著　者――高橋修宏

発行人――山岡喜美子

発行所――ふらんす堂

〒182-0002 東京都調布市仙川町一―一五―三八―二F

電　話――〇三（三三二六）九〇六一　FAX〇三（三三二六）六九一九

ホームページ https://furansudo.com/ E-mail info@furansudo.com

振　替――〇〇一七〇―一―一八四一七三

装　幀――伊藤久恵

印刷所――日本ハイコム㈱

製本所――㈱松岳社

定　価――本体二八〇〇円＋税

ISBN978-4-7814-1720-2 C0095 ¥2800E

乱丁・落丁本はお取替えいたします。

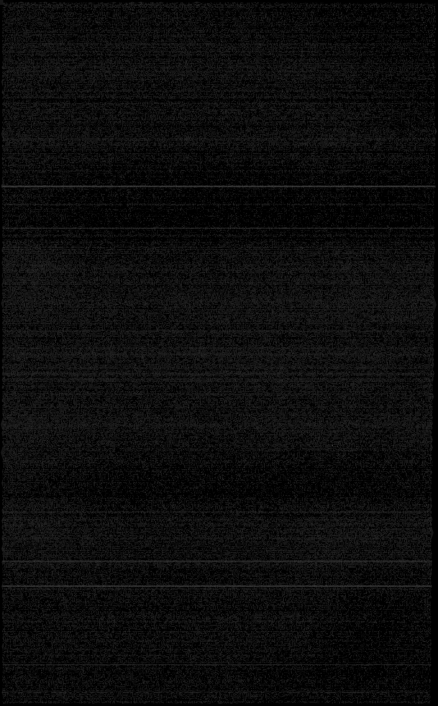